世界一の大富豪はまだ愛を知らない

リン・グレアム 作

中野　恵 訳

ハーレクイン・ロマンス

東京・ロンドン・トロント・パリ・ニューヨーク・アムステルダム
ハンブルク・ストックホルム・ミラノ・シドニー・マドリッド・ワルシャワ
ブダペスト・リオデジャネイロ・ルクセンブルク・フリブール・ムンバイ

BABY WORTH BILLIONS

by Lynne Graham

Published by Harlequin Japan, a Division of K.K. HarperCollins Japan, 2024

読者の皆さまへ

『世界一の大富豪はまだ愛を知らない』(BABY WORTH BILLIONS)がハーレクイン・ロマンス・シリーズの3900記念号になることに感激しています。作家として、私の本が世界中の読者に幸せを届けていると知るのはこのうえない喜びです。読者の皆さまが存分に楽しんでくだされば幸いに存じます。

物語の主人公、ライとサニーは正反対。ライは世界一の大富豪で、サニーは芸術家。ライは支配欲が強く、サニーは自由奔放。そんなふたりが、孤児となった可愛い姪パンジーを巡ってぶつかります。ライは疎遠だった弟夫妻が交通事故で亡くなり、遺された赤ん坊の後見人となったものの、ずっと母親になりたいと思っていたサニーとは違い、パンジーを庇護下に置く心づもりなどまったくありませんでした。けれど、ふたりのシンプルだった取り決めはすぐに複雑なものに変わってしまいます。彼の豪華ヨットで情熱の一夜を過ごし、サニーは妊娠——ライとサニーの人生には永久の絆ができたのです！　でも、家族としてずっと幸せに暮らすことはできるのでしょうか……？

『世界一の大富豪はまだ愛を知らない』で、ライとサニーは感情のジェットコースターへと誘われます。さあ、あなたも一緒にそのジェットコースターに乗ってみませんか？

リン

Lynne Graham

主要登場人物

サンシャイン・バーカー……画家。愛称サニー。
パンジー……サニーの姪。
クリスタベル……サニーの異母姉。パンジーの母親。故人。
イーサン……クリスタベルの夫。パンジーの父親。故人。
ライ・ベランガー……イーサンの兄。起業家。
マリア……パンジーのナニー。
バンビーナ・バレッリ……ライの女友達。イタリアの侯爵。
ジェマ……サニーの隣人で友人。
ジャック・ヘンダーソン……サニーの幼なじみで元恋人。

1

〈ヘリコプター〉はロンドンの〈ダイヤモンド・クラブ〉の屋上に着陸した。世界一の大富豪、ライ・ベランガーの機嫌はそれほど悪くはなかった。

富裕層のための聖域〈ダイヤモンド・クラブ〉は、ライが作り上げた世界だった。支配人のラズロが入口で出迎える。この会員制クラブにはパパラッチも、セレブ目当ての客もいない。大理石の円柱の装飾も、落ち着いた内装に調和する高い天井も、豪華であると同時に居心地のよい雰囲気も、ライを充分に満足させるものだった。クラブのスタッフは厳しい身元調査と研修をくぐり抜けてきた者ばかりだ。会員は個室で食事を楽しんだり、ビジネスのための設備を利用したりすることができた。

女性副支配人が熱いまなざしを送ってきたが、ライは目を合わそうとしなかった。金色の瞳、端整な美貌——彼はつねに女性たちの注目を集めていた。身長は百九十三センチ、たくましい体は贅肉ひとつない。だが、ライがトレーニングに打ち込むのは、容姿を誇示するためではなく、健康を保ち、体力を維持するためだった。人間は外見より内面が重要だ、と彼は考えていた。美しさは色褪せるが、重病にでもならないかぎり知性が衰えることはない。それがかつて神童と呼ばれ、現在はハイテク業界の伝説的起業家であるライの人生哲学だった。そんな彼の哲学を批判する者はめったにいない。

個室ではイギリス人の顧問弁護士、マーカス・ベイトマンが待っていた。灰色の髪の小柄な男性で、優秀な頭脳と鋭いビジネスセンスの持ち主だった。朝食が運び込まれると、ライは世間話を始めた。部外者の耳に入る可能性がある場合、彼はプライベートな話はいっさいしなかった。ここ最近頭を悩ませてきた問題を彼が弁護士に話したのは、スタッフが食事の準備を終えて姿を消したあとだった。悩みとは彼の姪、フェニックス・ペトロネラ・パンジー・ベランガーの件だった。

四カ月前、ライは唯一の肉親であるイーサンを亡くした。イーサンと妻のクリスタベルはコカインを服用して車に乗り、事故を起こし、死亡したのだ。生後十カ月の娘の面倒を見ていたナニーは、すぐに役所の福祉部門に連絡を取った。さっさと赤ん坊を放り出し、つぎの仕事を探したかったからだ。

「親権を求めるつもりはないと言っていましたが、考えが変わったのですか?」マーカスが尋ねる。

「いや、考えは変わっていないさ。クリスタベルの腹違いの妹が姪の保護者として適任なら、反対するつもりはない」ライは淡々と応えた。「独身男が小さな女の子の親代わりを務めるのは、さすがに不適切だろう。こんな生活を送るかたわらで、子育てをするのは無理だ。そもそも、ぼくは子供の育て方なんて何ひとつ知らないんだ」

マーカスはうなずいた。ライは不幸な家庭環境で育ったのだ。彼が悲惨な境遇から解放されたのは、母親が夫のもとを逃げ出したあとだった。普通の子供と関係を築くなど、ライにできるはずがない。〝普通〟という言葉とは無縁の人生を生きてきたからだ。彼は学校には通わず、幼いころから家庭教師のもとで英才教育を受けてきた。彼が修士号や博士号を取得したのは、十歳になるかならないかのころだった。

そのいっぽうでライは、愛情表現や社会生活を苦手としていた。彼に友達はいなかった。両親も彼のずば抜けた知性にしか興味を示さなかった。だが、イーサンが生まれたとき――弟ができたときは、心から喜んだ。父親の悪影響から守るため、イーサンには兄に与えられなかったものがすべて与えられた。抱きしめられ、励まされ、愛され、褒められたのだ。ところが、成長したイーサンは最低の人間に成り下がった。ライは驚き、落胆した。甘やかされて育ったからだろうか？　何があっても兄が経済的に支援してくれるという安心感のせいで、高すぎる目標を設定してしまったのか？　それとも、ことあるごとに兄と比較され、プライドが引き裂かれたせいだろうか？

母が亡くなると、ライは全力でイーサンを支えようとした。彼は弟に何度もチャンスを与えた。しかし、イーサンはそれを一度も生かすことができなかった。結局のところ、イーサンは意志薄弱で怠惰で不誠実な男だったのだ。しかも妻のクリスタベルは、弟に輪をかけてひどい女だった。ライは一度だけ姪に会ったことがあった。洗礼式のときだった。姪は真っ赤な顔で泣き叫んでいたはずだ。だが、そのあとは顔を合わせる機会がなかった。イーサンもクリスタベルも、赤ん坊を連れてパーティやイベントに出席することを嫌っていたからだ。イーサンと妻にとって娘は、自分たちの人生の背景の一部にすぎなかったのだ。もしかすると、両親よりナニーのほうが姪に頻繁に接していたのかもしれない。

「ミス・バーカー、つまり姪御さんの叔母は、あなたが自宅を訪問することに同意しています」マーカスは明るい口調で言った。「勝手ながらあなたの秘書に連絡して、来週の訪問を約束しておきました」

ライは朝食の皿を脇に押しやり、不機嫌そうに言った。「あいかわらず彼女は、ぼくの金を受け取ろうとしないんだな？」

「あなたから金銭的な援助を受けずに、自分の力だけで子供を育てるつもりのようです。立派なものですな」

「いや、ばかげている」ライはいらだたしげに言い返した。「来週彼女に会ったら、この件について話すべきだな」

「覚えておいてほしいのは、ミス・バーカーは経済的に苦しいわけではない、ということです。彼女は自分の力で成功を勝ち取った画家です。言い争いになって、向こうを怒らせたりすれば、姪御さんに会うのが難しくなります。あと何カ月かすれば、ミス・バーカーと姪御さんの養子縁組が法的に成立するのですから」マーカスは厳めしい面持ちで警告した。

ライは表情を引き締めた。サンシャイン・バーカーとの話し合いは、すんなりと片が付くはずだ。もし彼女が腹違いの姉のような女性だったら、この養子縁組には異議を唱えていたはずだ。ところが、調査の結果、サンシャインは恥知らずで計算高いクリスタベルとは、天と地ほども違う性格であることが明らかになった。彼女は田園地帯のコテージの住人で、田舎暮らしを心から楽しんでいた。創造力と教養にあふれる自由奔放な女性で、捨てられたペットの里親も務めていた。しかも、地元のひとびとからは愛され、尊敬されているらしい。

手ごわい交渉相手ではないはずだ。

コンタクトレンズを落としてしまった。捜したが、どうしても見つからない。家具の下を手探りして出てきたのは、なくしたと思っていたヘアブラシとブローチだった。サニーは腹立ちをおぼえながらナイトテーブルに手を伸ばし、眼鏡を取ろうとした。しかし、どうやら眼鏡もどこか別の場所に置いてしまったようだ。コンタクトも眼鏡もなければ、彼女の視力はほとんどゼロに等しい。眼鏡はいずれ見つかるはずよ、とサニーは自分を慰めた。手で口もとを隠してあくびをし、埃を払ったヘアブラシで豊かなブロンドの髪にブラシをかける。

サニーは疲れていた。くたびれ果てていた。昨夜はパンジーに付きっきりで、一睡もできなかった。姪の面倒は二十四時間体制で見ている。にもかかわらず自治体の福祉部門は、サニーが姪の養母にふさわしいかどうかを見極めるため、厳しい審査を続けているのだ。このあとまた大掃除に精を出さねばならない。彼女が塵ひとつない家で暮らしている、とは誰も思っていないはずだ。だが、だらしのない女だと思われたら、姪を引き取る許可は得られないだろう。

間の悪いことに、祖母のコテージのリフォームもまだ終わっていなかった。祖母が亡くなった半年後にバスルームとキッチンを改装したが、壁は時代遅れの壁紙が貼られたままだ。しかも、母と祖母の遺品を整理していないのに、サニー自身が大量のがらくたを持ち込んでしまったのだ。ただ、床には柔らかな絨毯を敷くことにした。板張りの床はよちよち歩きの赤ん坊には冷たすぎるし、堅すぎるからだった。コテージはいずれきちんと片付けよう、とサニーは思った。だが、いまはパンジーの面倒を見ることが第一だ。

十日前の嵐で被害を受けた納屋を見るため、これから保険鑑定人が来ることになっていた。ありがたいことにパンジーは眠っている。鑑定人を迎えるために、着替えはすでにすませていた。しかし、スカートは少しきつくなっていた……。手っ取り早くエネルギーを補給するために、いつもベーコン・サンドイッチを食べていたせいだろう。乱れた食生活を送っていることが恥ずかしかった。ブラウスも胸が少し窮屈だった。ほんとうは柔らかな素材の、もっとゆったりとした服が好きなのだが。

そのとき、呼び鈴が三度続けて鳴った。三度ですって！　どうやら来訪者は、この家にペットや赤ん坊がいることなど気にもしていないのだろう。保険鑑定人は気の短い人物なのかもしれない。それが事前にわかったのは、むしろ望ましいことだ。グレートデンの血を引くミックス犬のベアが、うなり声をあげる。サニーは裸足(はだし)で玄関のドアに駆け寄った。すぐに応対しないと印象が悪くなるかもしれない。

ドアの向こうにいたのは、驚くほど背の高い男性だった。彼女は何とか目の焦点を合わせようとした。男性のシャツのボタンに。そして、ネクタイに。

「あの、申し訳ないんだけど……二分ほど待ってもらえるかしら？　納屋を見てもらう前に、靴を履いてきたいので……」

だが、靴は寝室に置いたままだった。やむなく壁ぎわのゴム長靴に足を突っ込む。

「これでいいわ」サニーは笑みを浮かべ、上に……はるか上に視線を向けた。「あなたって、とっても背が高いのね」

「きみは……小柄だな」ライは慎重に言葉を選んで言った。だが、彼女はなぜぼくに納屋を見せたがっているんだ？　わけがわからなかった。

ライは目の前の女性をまじまじと見た。服装があまりにもいい加減だったからだ。スカートは斜めに傾き、腰のボタンも外れている。ウエストの上に視線を転じると、女性らしい豊かなふくらみが目に入った。センスの悪いオレンジ色のブラウスは、フリーマーケットで買ったような安っぽい品で、スカートは動物の毛が付いている。しかし、輝くような笑顔から目を逸(そ)らすことができなかった。彼女はセクシーだった。背が低すぎるうえに、豊満すぎるが、それでもセクシーだということは否定できない。ブロンドの長い髪はウエーブを描き、瞳は花の色を連想させる紫だ。色つきのコンタクトレンズだろうか？　いや、彼女はそんなものを装着するタイプには見えない。だが、あいかわらず彼の目を見ようとはしなかった。

「身分証明書は持っている？」サニーが言った。そんなものを求められるのは、ライにとっては生まれて初めての経験だった。

どうやらこのひとは黒髪のようだわ、と彼女は思った。しかし、眼鏡がないため、顔はぼんやりとしか見えない。ずば抜けた長身で肩幅は広い。威圧感のある体つきだ。だがサニーは、背が高いというだけの理由で男性に威圧されるような女性ではなかった。

彼女はぼくが誰なのか気づいていないのか？　ライは驚きに打たれた。サニーは洗礼式にも結婚式にも出席していなかった。しかし、イーサンとクリスタベルの葬儀には参列したはずだ。とはいえ、参列者はあまりにも多く、サニーと顔を合わすことはできなかった。あのとき、彼女に会っておくべきだったのだ。だが、葬儀の最中、彼はクリスタベルの関係者とはあえて距離を取っていた。彼女たちの多くは、自分が参列しているのが故人を悼む儀式ではなく、派手なイベントか何かだと勘違いし、自撮りや写真撮影に余念がなかったのだ。

ライはため息を押し殺すと、パスポートを取り出し、突きつけた。サニー・バーカーが小さな手でそれを受け取る。目を細くしてパスポートを凝視するサニーを眺めながら、彼は思った――何もかもが現実離れしているな。彼女はあまりにも自由すぎる。マネージャー役が必要なタイプだ。

サニーはパスポートを一心に見つめた。だが、文字がぼやけて読み取れない。身分証明書の代わりにパスポートを出すだなんて、変わったひとだわ。このひとが勤めている保険会社って、社名入りのＩＤカードを支給しないところなの？　でも、かりにそうだったとしても、別にこのひとが悪いわけじゃないわ。

「納屋?」ライはためらったが、とりあえずサニーに話を合わせることにした。初対面の相手を当惑させるのは気が進まなかった。

「こっちよ」サニーは玄関をふさぐライの脇をすり抜け、外に出ると、コテージの裏手に導いた。

ベアが跳ねるように彼女のかたわらを進む。すると、バートが茂みから姿を現した。バートが威嚇するように吠えると、ベアは尻込みをした。バートは小さな体に敵意をみなぎらせ、足を前に踏み出す。

「やめなさい、バート!」サニーは叱った。「いじめちゃだめよ」

ライは驚きの目で小型犬を見た。大型犬がこんなに小さな犬におびえているのだ。それにしても、どうしてぼくが納屋を見なければならないんだ? 彼女はぼくが誰なのかわかっていないようだ。誰もが一瞬でぼくの正体に気づくはずだ、とぼくは考えていたのか? ああ、そうかもしれない。だが、サニー・バーカーはぼくの義妹の妹だ。正式な顔合わせをしていなかったとしても、ぼくが親戚だということくらい把握しておくべきじゃないのか?

「これが納屋。太い木の枝が倒れてきて、屋根がちょっと壊れちゃったのよ」

「〝ちょっと〟じゃないだろう」手入れが行き届いていない納屋を見ながら、ライは言った。おそらく保険会社は管理のまずさを口実に、保険金の支払いを渋るだろう。彼は馬房からこちらを見ている馬に視線を転じた。「あれは?」

「マフィー。クライズデール種の牝馬よ」サニーは嬉しそうに答えた。「屋根瓦が落ちて、雨ざらしになったときは、とってもおびえていたわ」

「いまは満足しているように見えるが」

「楽天的な子なのよ……でも、屋根は修理が必要ね。あの子、もう若くないから」マフィーは人前で年齢の話をされるのを嫌っている、とでも言わんばかりにサニーは声をひそめた。「湿気のない、快適な馬房が必要だわ」

「どうしてぼくにこの納屋を見せたんだ？」彼女が馬を撫でると、ライは唐突に質問をぶつけた。腕を高く上げたせいで、彼女の豊かなブラウスの胸もとがさらにきつく張り詰めた。どうしてぼくは、あんなところを見てしまうんだ？

これじゃまるで十代の男の子だ。いったい何をやっているんだ。ぼくは四つの国に四人の愛人がいる大人の男だ。他の欲望と同じように、性的な欲望にも上手く対応できている。ロンドンでも、ニューヨークでも、パリでも、東京でも、電話一本かければ愛人に会える。しかし、いくら自分にそう言い聞かせても、サニーのセクシーな胸、豊かなヒップ、紫の瞳から視線を引き剝がすことはできなかった。

「なぜそんなことを訊くの？　あなたは保険鑑定人なんでしょう？」サニーが驚きの表情で尋ねる。

「いや、違う。ぼくはライ・ベランガーだ。きみの姪はぼくの姪でもあるんだ。ここに来ることは、事前に連絡していたはずだが……」

「それは来週のはずよ」サニーはきっぱりと言った。「曜日と時刻は合っているけど、週は来週だわ」

「それはきみの思い違いだろう。ぼくの部下はそんなミスはしない」ライがそっけなく言い返したとき、大型犬が飼い主の背後から不意に飛び出してきた。気性の荒いチワワから逃げるためだった。

つぎの瞬間、ライは背後から両脚に体当たりを食らった。地面が滑りやすくなっていたため、彼はバランスを崩し、泥の中に派手に倒れ込んだ。慌てて体を起こし、汚れた両手を嫌悪感とともに見下ろす。

「ごめんなさい……」サニーは小声で言うと、彼のひじをつかんだ。体が大きいと倒れたときの衝撃も大きくなるんだわ、と彼女は思った。でも、少し泥で汚れたくらいでここまで怖い顔をするだなんて。

「こっちに来て。シャワーを使うといいわ」

曜日は正しいけれど、週を間違えている、と彼女はもう一度言おうとした。しかし、いまその話を蒸し返すのは意地が悪いような気がした。このひとはほんとうにパンジーの伯父さんなの？　世界でも指折りの大富豪？　自分がどんなふうにライを迎えたのかを思い出し、サニーは青ざめた。彼の口数が少なかったのも当然だ。いったいこの女性は何の話をしているのだ、と訝っていたのだろう。だが、彼はあえてそれを口に出して言わなかったのだ。

ライは泥まみれの指を動かし、腹立たしげな顔で携帯電話を操作していた。通話の相手に外国語の短い言葉で何ごとか指示する。彼は短気で押しの強い上司なのだろう。彼女はライを母屋まで案内すると、バスルームのドアを開け放った。背後からパンジーの泣き声が聞こえてきた。「シャワーを使って。すぐにタオルを持ってくるから」

彼女は洗いたてのバスタオルを急いで手に取ると、ドアの脇のバスケットに置いた。泥まみれのスーツのズボンは見ないようにした。かわいそうに。どんなお金持ちでも、普通のひとと同じように、不幸なトラブルは避けられないものなのね。サニーは自分が恥ずかしくなった。ここ数週間、彼女は頭の中でライを一方的に悪者あつかいしてきたのだ。彼はお金でサニーを買収し、パンジーによりよい暮らしを与えようとしているに違いない。お金ではなくパンジーの母親になることがサニーの望みなのに、彼にはそれが理解できていないのだ、と。

そのとき、玄関のドアにノックの音がした。パンジーのようすを確かめたかったが、それでもドアに向かった。スーツに身を固めた男性が、着替えを収めたガーメントバッグを差し出した。「ミスター・ベランガーの服です」

このひとはどこから現れたの？　どうすればこん

なに早くここに来られるの？　だが、そんなことを考えている暇はなかった。サニーはバッグをライのもとまで運ぶと、すぐにバスルームのドアを閉め、姪の部屋へと急いだ。パンジーはベビーベッドの脇で飛び跳ねていた。カールしたブロンドの髪、大きなブルーの瞳。パンジーは驚くほど愛らしい子だった。彼女は叔母を見るなり、抱き上げてほしい、と言わんばかりに両腕を差し伸べた。

「わかってるわ、パンジー。ごめんなさいね、すぐに来られなくって」サニーは優しい声で言い、姪を持ち上げ、しっかりと抱き寄せた。「さあ、おやつの時間よ」

コテージの古さとは裏腹に、バスルームは設備が整っていた。ライはほっとして服を脱ぎはじめた。バスルームに来る途中、他の部屋も盗み見た。どこもかしこも散らかり放題だった。私物が捨てられない人間にとって、この家は楽園のような場所だろう。あちこちの部屋からあふれ出たがらくたは、バスルームにまで侵入し、窓ぎわには陶製の花がずらりと並んでいる。ライは眉間にしわを寄せた。

彼が好きなのは秩序と統制に満ちた空間だった。ライが暮らしている世界では、芸術を除くすべてのものが機能的であることが求められた。降り注ぐシャワーの中に足を踏み入れる。体が冷えていたため、熱い湯は心地よかった。ここはサニーの家なのだから、家主の厚意に甘えてもいいはずだ。

タオルで体を拭いているうちに、いつもの自分が取り戻せてきた。新しいスーツを身につけ、汚れたスーツをガーメントバッグに詰め込む。彼は一瞬ためらったあと、汚れたタオルを洗濯用のバスケットの中に入れた。

「ミスター・ベランガー？」バスルームのドアを開けると、サニーの大きな声が聞こえた。「わたしたちはキッチンにいるわよ！」

いままさに戦いに臨もうとする男のように、ライは深く息を吸い込んだ。頭をぶつけないように身を屈めてバスルームを出ると、キッチンに向かう。キッチンの天井からは、枯れかけた観葉植物の鉢がぶら下がっていた。だが、彼の注意はサニーとハイチェアに座る赤ん坊に向けられた。パンジーは彼に微笑みかけると、手の中のトーストを振りまわし、音をたててベビーカップの中身を飲んだ。

「そのへんに座って、くつろいでちょうだい」サニーは彼に椅子を勧めた。「あなたはパンジーに会ったことがあまりないはずだと――」

「パンジー？」ライは驚いて言った。「この子の名前はフェニックスだろう？　どの書類にもそう書いてあったぞ」

「あなたの弟はパンジーと呼んでいたし、ナニーにもそう呼ばせていたわ。担当のソーシャルワーカーも、パンジーのほうがいい、という意見だった。この子はそれが自分の名前だと思っているようだから。そもそもフェニックス・ペトロネラ・パンジーなんて名前は少し……派手すぎるわ」

「なるほど」ライは応えた。彼自身も姪の名前は長すぎるうえに発音しにくい、と考えていたのだ。

「コーヒー、それとも紅茶？　気持ちが落ち着くハーブティーもあるけど」

ハーブティーを飲んだくらいでは、この感情は静まりそうになかった。「コーヒーをブラックで頼む。それから、ぼくのことはライと呼んでくれ。きみとぼくは家族と言っていい関係なんだから」

家族というライの言葉は、サニーにとって予想外のものだった。胸に温かい思いが広がるのを感じながら、彼女はコーヒーをカップに注ぎ、ビスケットの皿とともにライの前に置いた。「どうぞ」

ライは、ビスケットの生地にほんものの花が練り込まれていることに気づいた。花は美しい彩りになっていた。彼はビスケットのひとつを手に取った。サニーが彼の皿にナイフをのせる。「花は食用花だけど、苦手だったらこれでこそげ落として」

ライはナイフには目もくれず、ビスケットを囓(かじ)った。びっくりするほど美味(うま)かった。いっぽうサニーは姪をハイチェアから抱き上げ、口もとの汚れをきれいに拭き取ると、遊びの相手を始めた。

「どうしてあなたって、こんなにかわいいのかしら？」彼女が言うと、パンジーは楽しげに笑い、高く抱き上げられたまま両脚をばたつかせた。

姪を見るサニーの顔は愛情とぬくもりと幸福に輝いていた。それこそがライの見たかった顔だった。両親を失った姪の母親代わりになる女性は、こんな表情を見せるべきなのだ。喜びと安堵(あんど)が同時に押し寄せてきた。「きみはなぜこの子を引き取ろうと思ったんだ？」気がついたときには、質問が口から飛び出していた。

「自分では子供が産めないからよ。わたしは体の問題があって……」サニーはぎこちない口調で言った。「パンジーは父親と母親を亡くして、独りぼっちだったし、わたしにとっては血を分けた姪だったからよ。だから、心は一瞬で決まったわ。姉がもう少し頻繁に家を訪ねることを許してくれればよかったのよ。そうすれば、もっとすんなりとパンジーと心が通じ合えた。わたしは赤の他人として、この子に向き合わねばならなかったのよ」

「きみの姉さんは、どうしてきみの訪問を許さなかったんだ？」ライは険しい表情で尋ねた。

「わたしと姉はあまり仲がよくなかったの。姉はわたしより八つ上だったし、わたしたちは別々の家で育ったから」

「ああ、いつかクリスタベルが言っていたな。自分の母親はすでに死んでいるし、父親は再婚したあとにまた離婚している、と」

「去年、このコテージの持ち主だったわたしの祖母が亡くなったのよ。祖母はこの家を遺産としてわたしに残してくれた。ここはわたしが育った家だったから。すると姉が、コテージの不動産評価額の半分を支払え、と言って裁判を起こしたのよ。裁判はわたしが勝ったけど、姉は怒り狂っていたわ」

ライは顔をゆがめた。裁判の件は調査報告書を通じて知っていた。サニーの姉は途轍（とてつ）もなく貪欲な女だったらしい。イーサンと結婚した時点で、金に不自由しない生活は保証されていたというのに。

「あなたがパンジーを引き取らなかった理由を、訊いてもいいかしら？」彼女は尋ねた。

「パンジーに多くのものを与えられるのは、ぼくではなくきみだ、と考えたからだ」彼は淡々と答えた。「ぼくには妻はいないし、子供を欲しいと思ったこともない。どうすれば小さな女の子が育てられるかもわからない。だからといって、何もかもナニーに丸投げするのはいやだ。そもそもぼくのライフスタイルは、子育てに向いていないんだ」

「自分の気持ちや能力をいちばんよく理解しているのは、自分自身よね。わたしはわたしで、養い親の権利をあなたと争うことにならなくて、ほっとしていたのよ」

「だが、きみが保護者として不適格なら、ぼくはすぐにでも親権を奪うつもりでいる。それはいまのうちにはっきり言っておく」ライの口調にためらいはなかった。

彼の傲慢な言い草にサニーはかっとなった。姪に対する責任を自分から果たすつもりがないくせに、サニーの養母としての働きには文句を付けようとしているのだ。彼女は平静を保とうとした。権力を持つ男性と不仲になるのはまずい。「あなたがパンジーに関心を持って、訪ねてきてくれたことはありがたく思っているわ。この子に父親ができることはないけれど、大好きな伯父さんはできるかもね」

「きみは心が広いな。だが、この先ぼくがここを訪ねることは、あまりないはずだ」

だが、サニーは唐突に彼の話から注意を逸らし、速歩(はやあし)でキッチンの反対側に向かった。窓ぎわの日射(ひざ)しの中で眼鏡が輝いていた。「家中を捜したのよ!」彼女は満足げに言い、畳んでいた眼鏡を開き、鼻の上にのせた。「いつもなくしちゃうから、眼鏡は三つあるの」

「玄関ホールのコート掛けの上と、バスルームの窓ぎわにもあったな」

サニーはライの鋭い観察力にぎょっとした。それと同時に、言葉を失った。彼の顔を初めてまともに見たからだ。新聞記事では何度も顔写真を目にしている。陰鬱で厳(いかめ)しいが、端整な顔だと思っていた。しかし、現実のライ・ベランガーは写真よりはるかに魅力的だった。高い頬骨、貴族的な鼻、豊かな唇。そして、長い睫毛(まつげ)で飾られた、たまらなくセクシーな瞳。

「ずいぶんとぶしつけにひとの顔を見るんだな」彼は皮肉を効かせて言った。

「ごめんなさい。現実のあなたのほうが、ずっとハンサムだったから。新聞の写真のあなたは、いつも怖い顔をしていたわ。それに、イーサンにはまるで似ていないのね」

ライの顔が怒りに赤く染まった。「きみは……考えたことをすぐに口に出すタイプなのか?」

「ええ、わたしはそういう女なの。でも、失礼な台詞(せりふ)だったわね。それは謝るわ」眼鏡をかけたサニーは頬を紅潮させ、壁のカレンダーに目をやった。やがて彼女は肩を落とした。「もうひとつ謝ることがあるみたい。あなたが来る日は今日で、保険鑑定人は来週だったわ。言い訳になってしまうけど、パンジーを家に迎えるために、ここ最近は大忙しだったのよ」

ライは手を上げ、彼女の謝罪を受け入れた。ぼくはそんなに怖い顔をしているのか？　あまり笑顔を見せないのは事実だ。だが、サニーと話していると、なぜか笑いたくなる。彼女が愉快な女性だからだろうか？　サニーは開けっぴろげで、考えたことや感じたことを隠さない。ぼくはそれと正反対だ。感情はあまり顔に表さない。性格も内省的だ。

「リビングに行きましょう。そうすれば、あなたもパンジーと仲よくなれると思うの」サニーはそう言うと、ビスケットの皿と彼のコーヒーカップと自分のティーカップをトレイにのせた。

ライは立ち上がった。パンジーも叔母のあとを追って、よちよちと歩きだす。

彼は二人の後ろからリビングに足を踏み入れた。部屋は散らかっていた。本が積み上げられ、鉢植えが並んでいる。おまけに、部屋の隅にはなぜか丸太が置いてあるため、狭い部屋がいっそう狭くなっていた。ライはひじ掛け椅子に腰を下ろし、サニーを見た。彼女も眼鏡の向こうからこちらを見返している。青みがかった紫の瞳は明るい光を放っていた。

「パンジーはあなたが誰だかわからないみたいね。どうしてなの？」サニーは尋ねた。

「ぼくが弟やきみの姉さんに会っていたのは、大人が参加するパーティやイベントだけだった。ロンドンのぼくの家に彼らを迎えることもあったが、そういう場合、二人はいつも赤ん坊を自宅に置いてきた。たまには母親の仕事を休みたい、ときみの姉さんは言っていたな。結婚式にも洗礼式にもきみは出席していなかったが、あれはなぜなんだ？」

「招待したいひとが多すぎて、わたしを呼ぶ余裕がなかったのよ。それに、祖母の具合も悪かったし」

サニーは別に悔しそうでもなかった。「姉の気持ちはよく理解できるわ。姉とイーサンはわたしと違って、贅沢できらびやかな生活を送っていたから」

サニーがプラスチックのおもちゃ箱を取り出すと、パンジーは歓声をあげ、中のおもちゃをつぎつぎに外に放り出しはじめた。ライはほっとした。どうやら幼い子供と関係を深める、という難事業には向き合わずにすむようだ。「きみはどこで絵を描いているんだ？」

「キッチンの奥のサンルームよ。あそこが採光がいちばんいいの。以前は夜明けとともに描きはじめていたんだけど、これからはパンジーに合わせて生活を変える必要がありそうね」

サニーはライの視線を意識しはじめていた。目が合ったせいだった。ライ・ベランガーにはどこか強烈なところがあった。そう感じるのは、彼の体から男性的なエネルギーが放たれているからだろうか？それとも、瞳に内なる力が秘められているから？彼女にはわからなかった。いずれにせよ、ライの存在それ自体が彼女を不安にさせるのだ。サニーは胸の頂が硬くなり、腰にかすかな疼きが走るのを感じた。全身がこわばっていた。そのとき、彼女は気づいた。ライがそばにいるときに体内で揺らめくのは、緊張ではなく性的な興奮なのだ。男性を相手にこんな気持ちになるのはひさしぶりだった。サニーは困惑をおぼえた。

「きみが絵を描くところが見たいな」ライは声をあげ、サニーから視線を逸らした。彼女にかけられた魔法を振り払うためだった。いったいぼくはどうしてしまったんだ？　硬くなりはじめた下腹部を意識しないように、鉢植えの奥の大きな黒猫に視線を転じる。猫は丸太で爪を研いでいた。「あの猫は？」

「ミラクルよ……同じ日に生まれたきょうだいの中で、あの子だけが生き残ったの。不幸な生い立ちという点では、ベアのお母さんは育児を放棄しちゃったのよ。それで、わたしが家に連れて帰った。見てのとおり、無事に育ってくれたわ」名前が呼ばれたことに気づいたのか、大型犬はサニーに近づいた。彼女の膝に楽しげに体をこすりつけ、床にごろりと寝そべる。

パンジーは猫にまなざしを向けると、嬉しそうな声をあげ、両手を差し伸べた。だが、猫はすぐに部屋から逃げ出し、サニーは声をあげて笑った。「パンジーに近寄らないほうがいいことを、ミラクルはもう学んだみたいね。バートは今週中に引き取り手が見つかるかもしれないの。この子に興味を持った女性が訪ねてくるのよ。バートに必要なのは、他のペットや子供がいない家だから。それじゃ、アトリエを案内するわね」

サニーは立ち上がり、足取りの危なっかしい姪を従えて歩きだした。

ライは二人のあとについてサンルームに入った。予想していたより広い部屋で、中央にはイーゼルが置かれていた。絵の具で汚れたサイドテーブルにはスケッチ、写真、絵筆が散乱している。

「この絵はまだ描きかけなの」彼が肩越しに水彩画を覗(のぞ)き込むと、サニーは説明した。

「カウパセリだな。学名はアンスリスクス・シルウエストリス」ライは驚いた。サニーの絵が細部まで正確だったからだ。

「アン王女のレースとも呼ばれているわ。こっちの名前のほうがロマンチックね。でも厳密に言うと、これはノラニンジンという別の花なのよ」

「きみはどうやって絵を描いているんだ?」

「写真を使うこともあるし、実物を見ることもあるわ。あなたはラテン語がわかるのね」

「ああ。趣味だったんだ。ラテン語の学名の厳密さが好きなのさ」

サニーはカンバスから離れた。ライが絵をじっくり見ているのが意外だった。彼女の仕事には大して興味を持っていないと思っていたのだが。

ライは水彩画が好きだった。サニーの絵は驚くほどリアルだった。繊細なレースを思わせる花弁には、手で触れそうな気がした。彼が思っていたよりも、はるかに科学的に正確な絵だった。「これはぼくに売ってくれないか」

「もう一枚描いてもいいけど、これはだめ」サニーはきっぱりと言った。「大判の植物図鑑に載せるシリーズの最後の一枚なの。本は出版が間近だし、契約の問題もあるから無理よ」

「これをぼくに売って、別の絵を出版社に渡せばいいんだ。誰も気づかないだろう?」

「でも、わたしは自分が嘘をついたことを知っているわ。それに、そんなふうにクライアントを騙したくないの」彼女はためらうことなく言い返した。

「それなら、きみに仕事を依頼しよう。ぼくのためにもう一枚描いてくれ」彼女がすんなり要求に応じないことに、ライはいらだちをおぼえた。これまで誰かに仕事を依頼して、こんな対応を取られたことは一度もなかったのだ。「ひとつ質問させてほしい。きみはぼくの姪を引き取った。それなのに、どうしてぼくの経済的な援助を受けようとしないんだ?」

急に話題が変わったためか、サニーは困ったような表情を見せた。「わたしはパンジーを甘やかしたくないの。自分の夢を追いかけたり、努力して何かを成し遂げたりする人間になってほしいのよ。イーサンみたいにはなってほしくない。彼は望むものは何でも手に入れられたわ。あなたが買い与えたり、便宜を図ったりしていたからよ。でも、結果としてイーサンは夢や野望のない、何も楽しめない人間になってしまった」

ライは脳天を一撃されたようなショックを受け、サニーを凝視した。オリーブ色の肌から血の気が引いていく。こんな非難を浴びたのは生まれて初めてだった。率直すぎるサニーの言葉にライは唖然とした。

「どういうつもりなんだ？　きみはぼくの弟を侮辱するのか？」彼は怒りを爆発させた。

怒鳴ったわけではなかった。声を少し大きくしただけだった。しかし、口調は荒々しく、あたりの空気はたちまち緊迫した。パンジーが顔をゆがめ、泣きだす。サニーは身を屈めると、姪を抱き上げ、あやしはじめた。「そろそろ帰ってもらえるかしら」彼女は張り詰めた口調で言った。

ライは唇を噛んだ。帰ってほしい、と言われるまでもなかった。サニーの言葉に彼は激怒していた。金銭を与えることによってイーサンをだめにした、という非難など受け入れられるはずがなかった。弟には情熱を傾けられるものを見つけてほしかった。そのために彼は最善を尽くしたのだ。しかし、悲しいことにイーサンは何も見つけることができなかった。それでも、坂道を滑り落ちていく弟を放っておくことはできなかった。イーサンが挫折を繰り返すたびに、彼は新たなチャンスを与えたのだ。何度も、何度も……。

ライは玄関に向かい、ドアを開け、ゆっくりと深呼吸をした。「来月にまた会おう。同じ日の同じ時刻に……。きみのスケジュールに問題がなければ」

「問題はないわ」サニーは答え、歩み去るライの後ろ姿を見送った。彼女の顔は真っ青だった。車のエンジンの音が聞こえた。さらに別の車のエンジンの音。彼は自分の車以外にも、別の車を従えてここに来たのだろう。しかし、生け垣が高いため、彼女のいる場所から車は一台も見えなかった。

しだいに遠ざかる車の音を聞きながら、サニーはため息をついた。ああ、わたしは何てことをしてしまったの？　他人の心に土足で踏み込んで、無神経な批判をするだなんて。イーサンが地に足の付いた人生を送れるように、ライは必死で努力してきたのよ。彼が怒るのも当然だわ！　そもそもイーサンとは、姉さんと結婚する前に何度か顔合わせただけだし、結婚後もほとんど会ったことがない。彼のことなんてわたしはろくに知らないのよ。もっと慎重に言葉を選ぶべきだった。あんなふうにイーサンを批判して、パンジーの伯父を敵にまわすくらいなら、むしろ嘘をつくべきだったのかもしれない。それなのに、わたしは挑発的な態度を取り、彼が傷つくようなことを言った。そんな自分が恥ずかしいわ。たしかにわたしは自分の気持ちを正直に口にしたけど、正直であることがつねに美徳だとは限らないのよ。

2

「珍しいこともあるものだな、きみがぼくの家を訪ねるだなんて」二週間後、ライは驚きの表情で弁護士に言った。「何か大事件でも起きたのか？」

マーカスは笑い、抱えていた丸筒を差し出した。「これを持ってきました……サニー・バーカーから送られてきたものです。彼女はあなたの住所も電話番号も知らないので、わたしが彼女に頼まれて、この品と手紙を渡すことになりました」

ライは緊張をおぼえ、丸筒を受け取った。「手紙？」

マーカスは、整理の行き届いたライのデスクに封筒を置いた。

ライは無造作に封を切り、一枚きりの便箋を取り出した。驚いたことに、それは謝罪の手紙だった。

読み進むうちに彼の口もとはこわばった。たしかに彼女はぼくの心を傷つけた。だが、それはわざわざ謝るほどのことなのか？　ぼくは心理療法を受けている十代の子供じゃないぞ。サニーは配慮が不足していたが、本音を包み隠さず明かしてくれた。そんなふうに彼に接した人間は、いままで一人もいなかった。彼はそこに誠実さを感じ取ったのだ。しかも、手紙は媚びへつらうような文面ではなかった。彼女は自分が口にした言葉を否定していなかった。もっと気遣いのある言い方をするべきだった、と書いているだけなのだ。

ライは細心の注意を払って丸筒の蓋を開け、丸められた水彩画を引っ張り出した。サニーが売却を拒んだ絵を広げると、彼の唇に笑みが浮かんだ。窓辺に移動し、複製ではないことを確認する。そう、彼女は〝やりたくない〟と言っていた行為を実行に移したようだ。オリジナルを送ってよこしたのだ。

「良好な関係が生まれつつあるようですな」マーカスは言った。

ライはためらいがちに言った。

「最初の話し合いでは……行き違いがあったんだ」

マーカスは驚いたように眉を上げた。「それは興味深い」

ライはうなずきながら、どこに行けば猫の爪研ぎ棒が買えるのだろう、と考えはじめていた。見苦しい丸太はさっさと処分したほうがいい。彼女は自分から和解のサインを送ってきた。こちらとしても同じように広い心で応対したかった。彼も二週間前の自分の態度を恥じていた。彼が怒りにわれを忘れることはめったになかった。にもかかわらず、彼女の前で理性を失ってしまった。あの一件については、これまでずっと思いを巡らせてきた。サニー・バーカーは彼の心をかき乱す。それは気に入らなかった。もう一度彼女の家を訪ね、何か言い返してやらねば胸が晴れない、と考えていたのだ。だが、それは大人のやることではない。彼は成熟した大人のはずだ。だいいち、あの話を蒸し返せば、弟との関係を話さざるを得なくなる。そこまでプライバシーをさらしたくはなかった。

サニーはパンジーをお守りのようにしっかりと胸に抱き、どうにかヘリコプターを降りると、案内役に導かれて飛行場を横切り、プライベートジェットに近づいた。彼が所有している飛行機はこの一機だけではないのだ。それを考えると眩暈がしてくる。ライの財力は彼女の想像を超えていた。とてもついていけそうにない。しかし彼女は、パンジーが裕福な伯父と良好な関係を結ぶことを望んでいた。そのためには力を尽くしたかった。

サニーはライに絵を贈った。だが、その返礼は途方もないものだった。彼はサニーとパンジーを、イタリアのアマルフィ海岸の別宅に招いてくれたのだ。彼女はライとともに、パンジーのために家庭的な環境を作ろうと努力していた。その努力をだいなしにしたくなかった。しかも、養子縁組の手続きを担当したソーシャルワーカーは、サニーとライが親戚として関係を深めていることを喜んでいたのだ。こうなると、自分と姪の人生にライ・ベランガーを関わらせないわけにはいかない。納得はできないが、仕方がなかった。

プライベートジェットの機内は、目を見張るほど豪華だった。搭乗すると、制服に身を固めた女性がすぐさま現れ、パンジーを預かろうとした。「マリアと言います。ミス・バーカーに休憩を取っていただくために呼ばれたナニーです」

驚きに口があんぐりと開きそうになった。やがて姪はキャビンの後尾へと運ばれていった。パンジーは親切そうなスタッフにかこまれ、楽しそうにしている。ライはコテージに来たとき、姪と言葉を交わす機会がなかった。サニーは一方的に彼を家から追い出したことを後悔していた。これまで、誰かにあんなまねをしたことは一度もなかったはずだ。なぜわたしは、あんなことをしてしまったの？

　いや、理由はわかっていた。最初からわかっていた。ライは彼女の昔の恋人、ジャックにどこか似ているのだ。ジャックも背が高く、たくましく、男性的な魅力にあふれていた。サニーは苦痛に満ちた過去を思い出した。彼女を愛している、とジャックは言ってくれたのだ。しかし、自分は子供が産めない体だと告白した翌日、ジャックは彼女を捨てた。彼女はまだ十七歳で、二人はベッドをともにしたことがなかった。だが、彼女とジャックは幼なじみだった。子供のころから、たがいに恋心を抱いていたのだ。ジャックとはいまでも毎週教会で顔を合わせる。二人は距離を置いたままうなずき合い、そのあと彼は妻やたくさんの子供たちとともに席に着くのだった。

〝つまり、きみはもう女ではないわけだ〟十七歳のジャックは、自分の決断を正当化しようと必死だった。〝申し訳ないとは思っているさ。だが、ぼくは子供が欲しい。養子とかじゃなく、自分の子供が欲しいんだ。きみはぼくを騙して、結婚に持ち込むつもりだったんだな！〟

　そんなふうにして、薔薇色の青春は苦い結末を迎えた。サニーの肉体には大きな欠陥があった。彼女はその事実を受け入れ、前を見て進みはじめた。しかし、もう二度とあんなふうに捨てられたり、貶められたりしたくなかった。十二歳のとき、彼女は虫垂破裂で死にかけた。一命は取り留めたが、その影響で妊娠できない体になったのだ。残酷極まりない運命だったが、それでも生きていくしかなかった。サニーがその事実を母親から聞かされたのは、ジャックに話した前日の夜だった。ペトラ・バーカーは娘が十七になるまで真実を明かさなかったため、事情をジャックに説明するチャンスが与えられなかったのだ。

落胆と苦痛に満ちた記憶を振り払い、サニーはスタッフが用意した動物や植物の雑誌を読みはじめた。ライは彼女を熟知しているからこそ、ファッション雑誌ではなくこの手の雑誌を揃えたのだろう。ライは自分の利益のためなら労を惜しまないひとだわ、と彼女は心の中でつぶやいた。彼は私立探偵か何かを雇って、わたしのことを調べさせたはず。わたしがそれに気づいていないとでも思っているのかしら？　ライ・ベランガーは、ものごとをなりゆきにまかせるタイプではない。

飛行機を降りたあと、サニーとパンジーは豪華なリムジンで目的の場所に運ばれた。長い私道の先に現れたのは、錬鉄のゲートと警備員に守られた宮殿のように巨大な豪邸だった。

心を動かされてはだめ、とサニーは自分に言い聞かせた。ライは別の世界の住人。ただそれだけの話だわ。お金は大切だけど、人間はそれだけじゃしあわせになれない。彼女がそう考えるのは、イーサンとクリスタベルを見ていたからだ。イーサンの事業での失敗。クリスタベルの愚痴。付き合いのあるセレブの噂。二人の話題はそれしかなかったのだ。姉たちの話を聞いているうちに、サニーは何度も叫び出したくなった――あなたたちは、とんでもなく幸運なカップルなのよ。自分たちが手にしている健康、若さ、魅力、財産にもっと感謝したらどうなの？　二人とも大半のひとたちより恵まれているんだから、と。

サニーは身を屈め、生まれて初めて靴らしい靴を履いたパンジーを地面に下ろした。この子は歩くのがずいぶん上手くなったけど、ライはそれに気づくかしら？　正面の堂々たるエントランスを抜けると、広いスペースに出た。大理石がふんだんに使われ、クリスタルのシャンデリアがきらめき、台座の上には美術品が飾られている。来客を温かく迎え入れる空気ではなかった。あるのは威圧感だけだ。ホールの中央にはライが立っていた。近寄りがたい雰囲気を身にまとっている。パンジーはサニーの脚に抱きついた。小さな体は震えていた。

「ライ……」彼女はあたりさわりのない台詞を口にした。「とってもすてきなお屋敷ね……」

いまのはサニーの本音じゃないな、とライは思った。彼女は感情が顔に出やすい。ぼくが荒れ地の掘っ立て小屋で待っているとは、彼女だって思っていなかったはずだ。この屋敷に反発を感じている自分自身に疑問に思うべきじゃないのか？　彼女はぼくを色眼鏡で見ているんだ。金のせいなのか？　それがぼくと彼女のあいだに立ちふさがる唯一の障害なのか？

サニーの服装は、周囲の環境に合わせる気がまるで感じられなかった。時代遅れのヒッピー風の服は、不格好なうえにサイズが大きすぎる。これはいったいどういう服なんだ？　いや、そもそもぼくは、どうしてこんなことを考えている？　ぼくがサニーをわざわざイタリアまで呼んだのは、今後の計画を立てるのは彼女だけではない、ということを理解させるためだ。彼女は仕切り屋のようだから、そのあたりははっきりさせておくべきなのだ。そして何よりも、この屋敷にはすばらしい庭園がある。それをまのあたりにすれば彼女も喜んでくれるはずだ。

「この時間帯は、テラスでのランチにうってつけだな。旅は快適だったかい？」

「最高だったわ。あなたの心遣いのおかげで、何もかも完璧だった」サニーが言うと、ライは彼女の腕をつかみ、広いホールの外に導いた。「でも、あなたはまだパンジーに〝ハロー〟と言っていないわ」

「赤ん坊に挨拶をしても意味がないだろう？」彼はぶっきらぼうに言った。

彼女はライの言葉を無視してソファに腰を下ろし、何ごとか姪にささやきかけた。パンジーが彼に手を振ってみせる。「ほら、見てて……この子はハローって言えるんだから」

「無理だ。まだまともに話せないんだぞ」ライは不承不承に身を低くし、優しい声で言った。「ハロー、パンジー……」

「ロー」パンジーの口調がはっきりしていたため、ライは仰天した。

「ハロー、パンジー」押し殺した声で応える。つぎの瞬間、彼の唇に笑みが浮かんだ。

サニーは目の前の光景を満足の思いとともに眺めた。これでライも彼女がイタリアに来た理由が理解できたはずだ。理由はただひとつ。パンジーのためだ。それにしても、彼の笑顔は衝撃的だった。厳めしい顔が、セックスアピールに満ちた魅力的な美貌に変わったのだ。サニーの体に震えが走った。それは性的な欲望の表れだった。最後の最後まで存在を認めたくない反応だった。

ライは、美しい庭園が見渡せるタイル張りのテラスに二人を導いた。

「失礼します」マリアの声がした。ナニーの制服に身を包んだ若い女性は前に進み出ると、身を屈め、おもちゃを手にパンジーの相手をしはじめた。サニーが手を離すと、姪はマリアにロングテーブルの端のハイチェアまで連れていかれた。子供がいる場合、ライはいつもこうやって対応しているんだわ、とサニーは思った。ナニーを呼び、邪魔にならないように隔離する。彼女は失望に打ちのめされた。彼はあくまでパンジーと距離を取ろうとしているのだ。これでは手の打ちようがない。パンジーは自分が仲間外れにされたことに気がつかないまま、サニーに向かって楽しげに手を振り、声をあげて笑った。

「あの子はいつもに嬉しそうな顔をしているな」ライは満足げに言った。

「そうね。あらゆることに興味を持つから、どんな環境にも溶け込んでいけるのよ」サニーが応えると、サラダが運ばれてきた。「あの子は頭の回転も速いみたい。そういうところはあなたに似ているのかもね」

「冗談だろう?」ライは声をあげた。姪が自分に似ている、と言われてショックを受けたようだった。

「あなたと同じレベルに達することはないと思うわ。それでも、頭はかなりよさそうなの」彼女は急いで言い添えた。

彼の肩と顔から緊張が抜けていった。「どうやらぼくは、話の意味を取り違えていたようだな」彼はナイフとフォークを手に取り、食事を始めた。

「あなたはどうして、あんなに……驚いていたの?」サニーは好奇心に駆られて尋ねた。

「秘密保持契約書にサインをしてもらわないかぎり、その質問には答えられないな。私生活に関しては、ぼくはプライバシーを守りたいんだ」

彼女は目を丸くし、ゆっくりとうなずいた。「あなたの言いたいことは理解できるわ」

一瞬、ライの瞳に苦痛の影が差したことに彼女は気づいていた。彼が他人を信用しないのは、まだ若く、傷つきやすかったころに原因があるのかもしれない。信頼していたひとびとに裏切られたのだろうか? ライはあらゆる点で普通の男性より優れている。だからこそ、富や成功を手に入れることができたのだろう。だが、それと引き替えに高い代償を支払わされたのかもしれない。彼がゴシップや噂話の種にされていることは知っていた。しかし、つねに世間の注目を浴びる生活がどんなものなのかは、想像したこともなかった。

「契約書にサインするわ」彼女は言った。

ライはゆっくりと微笑んだ。たちまちサニーの脈は速まり、腕に鳥肌が立ち、頬がかっと熱くなった。自意識過剰になりながら、食事に意識を集中させようとする。驚いたことに、それから数分後には契約書がテーブルに置かれた。

「いつもやっている手続きだが」彼は分厚い書類を指でもてあそんだ。「きみとは長い付き合いになりそうだから、契約書にサインをしてもらったほうがぼくも安心できるような気がするんだ」

サニーは椅子の背もたれに体を預け、書類に大まかに目を通した。彼女のかたわらに控えている年配の男性は、署名の立会人だろう。彼女はプレッシャーを感じながらペンを取り、サインをした。どのみち、ライ・ベランガーの私生活を誰かに勝手に明かすつもりはなかった。彼女は昔から他人のプライバシーを尊重する人間だった。

ライは驚愕した。サニーが秘密保持契約書にすんなりサインをしたからだった。たいていは契約書の内容にけちをつけたり、土壇場で文句を言ったり、サインと引き替えに金銭を要求したりするものだ。しかし、サニーはそんなまねはしなかった。急に気分がよくなった。理由はよくわからなかったが、いますぐ彼女にキスしたくなった。

これは欲望なんだ、とライは思った。単なる欲望にこれほど深く胸をつらぬかれたのは、初めてだった。自分が性に関して貪欲なタイプだと思ったことはあまりなかった。しかし、自然体であると同時にセクシーなサニーと出会った瞬間に、すべてが変わった。サニーには彼の欲望に火を付ける何かがある。初めて会ったときから、ライはいつも彼女のことを考えていたのだ。

「これで話してくれるわね？　どうしてあなたが、高い知能指数を重荷だと考えたりするのかを？」サニーはライを促した。

「ひとによって違うんだろうが、ぼくの場合は重荷だった。ぼくの父はオクスフォード大学の心理学の教授で、母のクララとは大学で出会った。父は教え子だった十八歳の母を誘惑したんだ」

「そういうことは、規則で禁じられているんじゃないの？」

「ああ、その当時でも禁じられていたことだ。父は大学を辞めると、母を連れて祖国のハンガリーに戻り、母の信託基金から入る莫大な分配金で楽な暮らしを送るようになった。父は母を利用したんだ。母はすでに妊娠していたが、天涯孤独の身だったから、警告してくれる大人がいなかった。父は女を食いものにする男だったんだ。だが、母は父を尊敬していた。子供を育てる最良の方法を知っているのは父だ、と信じていたんだ」

サニーはたじろいだ。ここから先の話が楽しいものになるとはとても思えなかった。

「ところが父が求めていたのは、研究書を書くために必要なモルモットだった。ぼくは生まれ落ちた瞬間から実験用の標本だったんだ。ぼくが失敗したり成功したりするたびに、父はメモを取った。外の世界から孤立した場所でぼくは育てられた。褒められるのは、試験で最高の結果が出せた場合だけだった。ぼくは一度も遊ばせてもらえなかった。楽しむことも許されなかった。母もぼくを慰めたり、抱きしめたりすることを禁じられていた。与えられるものが少なければ少ないほど、両親を喜ばせるために努力するはずだ、と父は考えていたんだ」

「信じられないわ」サニーは押し殺した声で言い、皿を脇に押しやった。話を聞いているうちに食欲が失せた。彼女はぞっとした。ライは子供らしく生きることを否定されていたのだ。

「きみに同情してほしいわけじゃないんだ、サニー」彼女の瞳に涙が浮かんでいることに気づいたのか、ライは鋭い口調で言った。「きみは姪に対するぼくの態度に不満があるんだろう？　だからぼくはこんな話をしているんだ。まずきみが理解すべきなのは、ぼくには姪と遊ぶ能力も、あの子に愛情を示す能力もない、ということだ……。だから、ぼくには果たせない役割はきみが果たすべきなんだ」

「あなたの言いたいことはわかったわ。そんなひどい目に遭ったのなら、当然あなたの考え方や、感じ方は……」

サニーは身を乗り出した。彼女の紫色の瞳には激しい感情がたたえられている。それが彼を不安にさせた。

「でも、心の傷は癒やせるはずよ」彼女が言うと、ライの心はさらに平静を失った。

花のようなサニーの香りが彼の鼻をくすぐった。それは彼女自身のように柔らかく、ぬくもりに満ちていた。彼女はライの目の前にまで顔を近づけていた。鼻梁の三つの小さなそばかすも、ピンク色の豊かな唇もはっきりと見て取れる。下腹部は岩のように硬くなった。欲望はコントロールできる、と信じてきた男にとっては過酷すぎる試練だった。

「傷を癒やしたいとは思っていないんだ、サニー」ライは乱暴に言った。「セラピーはうんざりするほど受けた。だが、結局ぼくはぼくなんだ。ぼくはいまの自分に満足している」

サニーは腕を伸ばし、彼の手を優しく握り締めた。

「わたしはあなたにパンジーとの遊び方や、愛情表現の方法を教えることができるわ。あなたとパンジーのためなら、いくらでも努力するつもりよ」

「いまぼくがしたいのは、きみとキスすることだ」

サニーは目をしばたたいた。ショッキングな話を聞かされた直後だったため、頭が真っ白になった。

「あなたは何を言っているの？」彼女は当惑し、喘いだ。だが、魅惑的な黒い瞳を見たとたん、体が凍りついてしまった。

「いいだろう？」彼が力を込めて言う。

サニーは衝撃を受けた。彼女がライに心を引かれているように、ライも彼女に魅力を感じているのだ。彼が好意を持っているとは思ってもいなかった。その事実を知ったとたん、サニーの顔に輝くような笑みが浮かんだ。「それでももっと打ち解けた関係が築ける、とあなたが考えているのなら」

ライは手を伸ばした。長い指が彼女の首筋をゆっくりと撫で下ろし、豊かな金色の髪をもてあそぶ。サニーは息をのんだ。文字どおり呼吸が止まった。

「息を吸うんだ、サニー」ライはうわずった声で言った。「吸わないと気絶するぞ」

3

サニーが息を吸ったつぎの瞬間、ライは頬を寄せ、彼女の唇を奪った。

時の流れが止まった。心臓だけが鼓動を繰り返している。神経細胞は長い眠りから目覚め、心は肉体の反応に支配された。熱いエネルギーは腰から全身に広がり、胸の先端は痛いほど硬くなった。

ライは芳醇なワインを味わうように彼女を味わった。最後の一滴まで楽しむつもりなのだ。彼の唇の導きに従い、サニーは唇を開いた。ライの舌が彼女の中に忍び込む。サニーは自身の舌で彼を感じ取った。あらゆる感覚がジェットコースターに乗せられたように混乱し、眩暈が襲ってきた。彼の舌は柔らかく、ミントの味がした。ライの香りに頭が朦朧とする。彼の舌の感触が新しい世界を開いてくれた。サニーは爆発する情熱とともに彼の舌に応えた。ライの手が彼女の頭を包み、引き寄せる。しかし、サニーはライの情熱に驚愕し、強引に体を引き離した。

ライはまばたきを繰り返した。意識から消えていた外の世界が、どっと押し寄せてくる。他の女性が相手のときは、こんなふうに感じたことがなかった。このままでは満足できない。すべてが欲しかった。サニーが欲しかった。欲望が満たされず、岩のように硬くなったまま、ライはゆっくりと息を吸い、吐いた。どうやら、セックスには彼が考えていた以上の何かがあるらしい。それを知ったせいで、満たされぬ思いがさらに深まった。

サニーは震える手をテーブルに置いた。体を支えるためだった。ジャックを含め、男性を相手にこんな気持ちになったことはいままで一度もなかった。体が裏返ってしまうような衝撃だった。だが、彼女は昔から行動を起こす前に考えるタイプだ。彼女とライは違う世界の住人なのだ。しかし、それでも彼はパンジーの伯父だ。その事実を変えることはできない。「あの、いまのは——」

「すばらしかった」ライは彼女の言葉をさえぎった。サニーの顔が赤く染まり、瞳に驚いたような光があることに満足感をおぼえた。彼女もライと同じように興奮しているのだ。それを隠そうとしているが、隠しきれていない。その事実が心地よかった。サニーは手練手管で男を誘惑するタイプではない。サニーはあくまでもサニーなのだ。

「そうね、そうかもしれないけど——」彼女はぎこちない口調で言った。

「今夜はぼくのクルーザーで過ごそう」ライは椅子を後ろに押しやり、立ち上がった。「ハーブガーデンを案内しよう……」

クルーザーで夜を過ごす、とライが言ったとき、サニーは笑いたくなった。彼は自分の基準でものごとを考えている。キスしたということは、合意が成立したということだ、とライは信じているの？　クルーザーに誘えば、わたしが自分から彼のベッドに身を横たえるはずだ、と？　わたしは彼のそんな態度を非難するべき？　それとも、非難されるべきなのは、簡単に彼に身を許してしまう女性たち？

ライはサニーの手を握り、石造りの階段を下ると、彼女を庭園に導こうとした。そのとき、パンジーが金切り声をあげた。マリアが赤ん坊を抱え上げ、何とかあやそうとする。しかし、パンジーは抵抗し、叔母に向かって両腕を伸ばし、すすり泣いた。サニーはまわれ右をすると、テラスに駆け戻った。パンジーが彼女の腕の中に飛び込む。サニーが姪を落ち着かせ、抱き締めたままライのもとに戻ると、ナニーもあとからついてきた。

「この子は誰とでも仲よくできるんだけど、慣れない場所でわたしが姿を消すと、機嫌が悪くなるのよ」サニーは説明をした。

四人は芝生を横切って進んだ。ライの目からぬくりもりが消え、冷ややかな光がたたえられていた。彼にとっては気に入らない展開ね、とサニーは思った。わたしのことだけを考えていたのに。サニーがそばにいるせいで、パンジーは緊張を解いたようだった。いまはボールを追いかけて遊んでいる。

「わたしたち、きちんと話し合っておくべきね……クルーザーで夜を過ごす、という件について」サニーは気まずい思いとともに言った。こういう会話には慣れていなかった。微妙に話を逸らす、というやり方はライには通用しないだろう。そんなことをしても、彼は自分に都合のいいように解釈するだけだ。

「何を話し合うんだ？」ライは面倒そうに言い返し

た。「ぼくたちはたがいに引かれ合っている。強く引かれ合っているんだ。シンプルな話だろう」

サニーは乾いた唇を舐めた。「そこまでシンプルな話じゃないわ。わたしたち、デートすらしていないのよ」

「ぼくはデートはしない」彼は〝デート〟という単語を不快そうな顔で言った。

「わたしもそうよ。でも、赤の他人のベッドに飛び込んだりはしないわ」

ライは押し殺した声で悪態をついた。「ぼくは赤の他人じゃないはずだ」

「親密な仲になりたいと思わない、という意味ではあなたは他人よ。だいいち、パンジーのために良好な関係を保つ、という話はどうなったの？　そんなまねをしたら、わたしたちの関係はだいなしになるかもしれない。その可能性は考えなかったわけ？」

サニーは素っ気なく応えると、薔薇のからみ付くアーチを抜け、高い生け垣でかこまれた区画に入った。そこは花の咲き誇るハーブガーデンだった。彼女は心を奪われ、思わず足を止めた。

「ああ、何てきれいなの……」サニーはライのもとを離れ、地上の楽園のような庭を歩きだした。

ライは自分の存在が忘れられることに慣れていなかった。先ほどの会話で、サニーが姪の件を持ち出したことにもいらだちをおぼえていた。彼女を力ずくで呼び戻し、話を聞かせ、常識的な考え方を頭に叩き込んでやりたかった。しかし、かろうじてその衝動を抑え、彼女のあとを追った。

「つまり、きみとセックスをするためにはまずデートをしなければならない、ということなのか？」

「やめてちょうだい。そういう意味で言ったんじゃないわ。わたしの体にしか興味がないのなら、この話はこれで終わりよ」

ライは大きく息を吸い、呼吸を整えた。「きみの話が理解できない」

「あなたは独身なの？」

「独身に決まっているだろう！」

サニーは小首を傾げ、こちらを見返してきた。紫色の瞳は危険な光を帯びていた。「いま関わりを持っている女性はいない、とでも言うつもり？」

嘘をついてごまかせ、と頭の中でもうひとりの彼がささやく。だが、彼はベッドをともにした女性に嘘をついたことはなかった。誤解の余地を与えないように注意してきたのだ。ライを楽しませてくれた女性たちは、自分たちの賞味期限が短いことや、自分たちに対する彼の興味がやがて薄れることを理解していた。彼は飽きっぽい性格だった。その性格はいまも変わっていない。これからも変わらないだろう。彼は特定の誰かに執着するタイプではない。セックスとは欲望の解放、害のない気晴らしにすぎない。それ以上のものではなかった。

サニーは落胆した。彼が不機嫌そうな表情を見せたからだった。ライが女性とはいっさい関係を持っていないことを、彼女はひそかに期待していたのだ。

「関わりのある女性は何人かいるが……付き合っているわけじゃない」彼はサニーが話題を変えることを期待しながら、できるだけ無難に説明しようとした。

サニーは彼を凝視したまま眉を上げた。「娼婦という意味？」

ライは途方に暮れた。これほど困惑させられたのは生まれて初めてだった。まさかサニーがこんなことを訊いてくるとは。「そうじゃない……。さあ、そろそろここを出よう」

「エスコート・サービス？」

「違う」ライは好奇心に満ちた彼女の顔を見下ろした。「愛人が何人もいるのさ」

サニーは額にしわを刻んだ。「一人じゃないの？」

ライはうんざりした。こんな面倒な質問に答えている自分自身が信じられなかった。無言でサニーの目を見返す。これ以上何も答えるつもりはなかった。

「わかったわ……」サニーはライから距離を取り、ラベンダーに注意を向けた。

彼女はぼくとは別の世界——芸術の世界の住人なんだ。ライは満たされない思いに襲われた。錆(さ)びたスプーンで心の内側を削られたような気がした。だが、なぜそんな気持ちになるのかは、自分でもわからなかった。サニーは花々に見入っている。

彼女は身を屈(かが)め、ラベンダーの香りを嗅ぐと、そのうちの一輪を手折った。目は涙で滲(にじ)んでいた。愛人たち。少なくともライは嘘をつかなかった。しかし、それはサニーは彼と付き合えないという意味でもあった。

「驚いてはいないようだな」ライはサニーに近づいた。なぜこの話を蒸し返そうとするのかは、自分でもわからなかった。こんな面倒な件とはこれ以上関わりたくなかった。だが、明らかにサニーは、彼が何らかの反応を示すことを期待している。

「ええ、驚いていないわ。あなたらしい生き方ね……実用的だし、効率的だし」こわばった声で言い添える。「ごめんなさい、余計な詮索をして」

「余計な詮索じゃない。きみが質問をし、ぼくが自分から進んで答えたんだ」彼はサニーの手を取った。しかし、彼女はそれを振り払った。

「わたしたち、深く関わるべきじゃないわ。友人として付き合うべきなのよ。わたしは愛人向きの女じゃないし、恋人を他の女性と分かち合うなんて無理。こんな関係に未来はないわ」

ライは彼女の拒絶を受け入れることができなかった。これまで彼は、どんな逆境でも勝利を収めてきたのだ。「要するに、きみ以外の女性とは付き合うな、ということか」ライは信じられない、という顔で言った。「それは無理だ。ぼくたちはどこかで妥協するしかないな」

「もうやめて、ライ」サニーは冷静な口調で言った。「妥協する気なんてまるでないくせに。あなたはわたしに妥協させたいだけなのよ。でも、その手には乗らないわ。わたしは自分のためなら……そしてパンジーのためなら、どこまでも頑固になるつもりよ」

「きみにぼくの何がわかると言うんだ？」

サニーは彼を見上げた。「わかるわ。あなたは意志の強いひとだから、こっちがしっかりしていないと、あなたのわがままに押し切られてしまうのよ」

「わがままだって？　ぼくは子供じゃないんだぞ、サニー」

ええ、そうね、と彼女は思った。子供のやることはたかが知れているけど、ライならもっと凄いダメージをわたしに与えることができる。彼は気性が激しいし、ものごとは自分の思いどおりになると信じている。わたしには予想できない手を使って、状況を一変させるかもしれない。ライはそういうひとだ、と彼女の本能は告げていた。彼は危険よ。わたしの感情をかき乱し、心の安定を奪ってしまう。でも、パンジーが必要としているのは、強く揺るぎのない心を持つ保護者なのよ。

そもそも、サニーには納得できないことがあった。女性にまるで不自由しないライ・ベランガーが、どうして彼女に興味を持ったのだろう？　サニーはスーパーモデルでもなければ、社交界の花でもない。

「わたしたちにはひとつも共通点がないようね」彼女は静かに言った。

「ぼくたちは情熱を共有している」ライは自信たっぷりに断言した。「それ以外に何が必要なんだ？」

「わたしがこれ以上何か言ったら、まずいことになりそうな気がするわ。いずれにせよ……」サニーは背筋を伸ばし、顎を前に突き出した。「……あなたの話には乗りたくない。わたしはいまの人生で幸福だから」

「きみはぼくのいる人生を経験していないはずだ」

サニーは非難するような目で彼を見た。「この話はもう終わりよ」

ライは笑いだした。彼女の返答が愉快に感じられたからだった。そのとき、パンジーがボールを追いかけ、彼の足もとに現れた。彼は深く考えずにボールを拾い上げ、頭より高く持ち上げた。

「やめて……地面に転がしてちょうだい。それだとパンジーには見えないわ！」サニーは押し殺した声で叫んだ。

ライは花壇と花壇のあいだにボールを転がした。パンジーが歓声をあげ、ボールを追いかける。「歩くのが上手くなったな」

サニーは彼に微笑みかけた。「ええ、あの子は毎日進歩しているわ。前はただの赤ちゃんだったのに、少しずつ個性が生まれてきているのよ」

ライも釣られて笑った。しかし、そんな自分にいらだちをおぼえた。彼女に不満を抱いていたからだった。サニーは彼に最後通牒を突き付けたのだ。こういう状況には慣れていなかった。それだけではない。いま彼女をクルーザーに呼べば、何か妙なことを企んでいるのでは、と疑われかねない。いらだちがさらに募った。だが、この問題は簡単に解けるはずだ。ライはそう考えると、携帯電話を取り出し、手早く通話をすませた。

どうしてぼくは、ビジネスと快楽を結びつけようとするんだ？　いままでこの手の過ちを犯したことは一度もなかった。サニーと姪はビジネスには含まれない。しかし、ビジネス以外に分類することもできない。いや、あの二人は独立したひとつのカテゴリーなんだ。イーサンの死後、ぽっかりと空いた隙間を――家族という名の空間を、埋めてくれる何かなんだ。サニーを快楽の対象として捉えてしまうのは、ぼくが欲望に囚われているせいだ。ライは唇を噛んだ。欲望をコントロールしろ、と彼の理性は告げていた。だが、サニーのことを考えると冷静でいられなくなる。彼女に欲望を抱くのは、論理的でもなければ合理的でもない。けれど、サニーには特別な何かがあった。彼の心を虜にする、言葉にできない何かが。その何かは、サニーが腹の立つ行動を取るときですら、彼の心を捕らえて放さなかった。セックスを追い求めているときですら、ライは冷静で合理的な男だった。にもかかわらず、いまの彼の行動は、自由奔放なサニーと同じくらい常識に欠けているように思われた。

　ライは彼女と姪を見つめた。サニーは地面にひざまずき、パンジーに花を見せている。手にした花で顎をくすぐると、姪は笑い声をあげた。サニーの服はすでに草木の染みや土で汚れていたが、本人は大して気にしていないようだった。自由奔放だが、逆にそれが魅力的だった。金色の髪は日射しに輝き、唇はパンジーを喜ばせるために突き出され、顔には満面の笑みがたたえられている。彼女がいるだけで周囲がぬくもりに包まれる、とライは思った。心を癒やすぬくもり。すべてを受け入れ、日々の生活を楽しむこと。それは彼がいままで知らなかった新しい感覚だった。

　サニーは屋敷に戻り、テラスでデザートとコーヒーを楽しんだ。晴れわたった青空の下、庭園のすばらしい景色を楽しみながら、美味しいものを食べる。最高だった。でも、これはまんまとライの計画に乗せられているということね、と彼女は思った。ライは綿密に計画を立てている。彼が有能であることはわかっていた。欲しいものがあれば、手に入れる方法を見つけ出す。目標を達成するためなら、どんな手段も厭わない。このお屋敷への招待も、ランチや飲み物やハーブガーデンも、すべて誘惑の一部なんだわ。わたしは恋愛経験は豊富じゃないけれど、頭が悪いわけじゃない。

「子供だったころのクリスタベルの話を聞かせてくれないか」ライは言った。

「姉はまだ小さなころに母親を亡くしたの。わたしが生まれたのは、姉が八つのときだった。子供のころの姉の記憶はあまりないわ。あのひとはもうモデルや子役の仕事をしていたから。父はいつも姉の仕事に同行していたわ。母の話によると、姉が赤ちゃんモデルのコンテストで優勝したとき、父は姉がスーパースターになると確信したらしいの。母が父と出会う前の話ね。両親が結婚するころには、父は姉をスターにすることだけを考えるようになった。姉が十四歳になってパリでモデルの仕事を始めると、父はマネージャー役を務めるために仕事も辞めてしまった。そのあと、姉はテレビの連続ドラマに出るようになって、名前が売れはじめたわ」

「その話は初めて聞いたな。彼女は子供のころから、人前に出る仕事をやらされていたのか？」

「そうだと思うわ。父が再婚したのは姉に母親を与えるためだ、と母は考えていたみたい。でも、そのうち父は、自分に妻は必要ないと考えるようになったの。母は居場所を失ったように感じたらしいわ。母がわたしを妊娠すると、二人目の子供を育てる余裕はないから中絶しろ、と父は言った。母にとってはそれが最後のひと押しだったわ。結婚生活はそのあとも二年続いたけど、わたしの祖父が亡くなると、母はわたしを連れて祖母と同居するようになった。一時的な別居だったはずなのに、やがてそれがあたりまえになり、最後には両親は離婚したわ」

「きみと父親の関係はどうだったんだ？」

「親子と呼べる関係じゃなかった。父はわたしが赤ん坊のころ何度か訪ねてきたようだけれど、その後死んでしまったわ。だから、父のことはよく知らないの。親戚が言っていた悪口を聞いたくらいよ」

「クリスタベルよりも、きみのほうが人間として価値があるはずだ。彼女は紙のように薄っぺらな女だった」

サニーはたじろいだ。「姉がそんなふうに育ったのは、父のせいかもしれないわ。美しさと世間の評判と収入によって姉の価値は左右される、と父は教えていたから」

「きみはクリスタベルにはいつも同情的だな」

「完璧な人間はいないわ。どんな人間にも欠点はあるものよ。簡単に他人を裁くべきじゃないわ」

「まるで聖書の言葉だ……そうか、きみは教会に行く女性だったな」

「調査報告書の内容は正しかった？」サニーはどこか楽しげな表情で尋ねた。

「正しくもあり、正しくもなし、だな。内容は正しいが、きみの価値観までは書かれてはいなかったんだ」

あなたはわたしをどういう価値観の人間だと思っているの？　サニーはそう尋ねたかったが、あえて何も言わなかった。

それから、サニーたちはモーターボートに乗った。入り江に停泊中のクルーザー、〈ベランガー一世〉に向かうためだった。彼女はゆっくり深呼吸し、気持ちを落ち着かせようとした。ライとのあいだには何も起きないはずよ。わたしたちはきちんと話し合ったんだから。それなのに、ほっとした気持ちにならないのはなぜ？　どうしてわたしはがっかりしているの？

ライはわたしを求めている。わたしだって彼が欲しい。でも、おたがい理性的な行動を取ろうとしている。わたしは男性に欲望を感じているんだわ。その事実にサニーは衝撃を受けた。ジャックの一件以来、彼女は自分の欲望を封じ込めてきた。大人になりきっていなかった彼女の心は、ジャックによって深く傷つけられた。大学に進んだあとも、彼女は恋人になりそうな男性とは友達以上の付き合いをしないように注意してきた。あのころは魅力的な男性が何人もいた。しかし、また恋をしようと思ったことは一度もなかったのだ。

　サニーは罪悪感をおぼえながら、ライに視線を向けた。風が彼の豊かな黒髪を乱し、日に焼けた横顔がよく見えた。ときめきが胸を走り、花火のように炸裂(さくれつ)し、彼女は体を震わせた。サニーのわななきに気がついたのか、ライはジャケットを脱ぎ、彼女の肩にかけた。ぬくもりがサニーを包み込む。彼の大きな手が左右の肩をそっと叩くと、胃がひっくり返りそうになった。ジャケットの香りが――彼の香りが鼻をくすぐる。それは言葉では言い表せない香りだった。温かく、男性的で、コロンの匂いが少しだけ混じっている。彼女は体がさらに震えるのを感じた。

　ライは両腕でサニーを抱きしめた。「体が冷えきっているな。すまない」

　驚いたようなマリアの顔が目に入った。今日は暑いうえに、風も強くはないのだ。サニーの頬は火照った。これではまるで頭に血が上った十代の少女だ。

　モーターボートを降り、大型クルーザーに乗り込むとき、彼女は曖昧な口調で礼を言い、ライにジャケットを返した。姪の手を握り、目の前のタラップを上ろうとする。

「パンジーはぼくが抱いて上がるよ。タラップはこの子には傾斜が急すぎる」ライはためらうことなくパンジーを抱き上げ、姪にささやきかけた。「二人まとめて抱き上げるのは、さすがに無理だからな……」

サニーは顔が赤らむのを感じながら、急いでタラップを上った。タラップの先には女性がいた。サニーたちを見下ろす顔には、大きな笑みが浮かんでいる。「この船にようこそ」女性の英語にはかすかな訛りがあった。

「サニー、こちらはバンビーナ・バレッリ。ぼくの友人でイタリアの女性伯爵なんだ」

「最近はその称号は使わないことにしているのよ、ライ……それに、こんな小さな女の子に紹介なんて必要ないわ」ブルネットの女性は、ライの腕の中の赤ん坊に楽しげに手を差し伸べた。「あなたがパンジーね？」

パンジーが嬉しそうに笑い声をあげる。だがサニーは、姪が見ず知らずの女性に心を開いたりせず、金切り声をあげることを望んだ。自分自身の意地の悪さに、サニーは激しい罪悪感をおぼえた。ライの〝友人〟のバンビーナは驚くほどセクシーな女性だった。長い黒髪をしたモデルのような体型。完璧な美貌。喉もとと耳を飾るダイヤモンド。ゴールドのカクテルドレスに包まれた肢体は息をのむほど魅力的だ。サニーはたちまち具合が悪くなった。思わず吐きそうになった。

4

「着替えたいんだけど」サニーが目を伏せて言った。

「スタッフにキャビンまで案内させよう」ライはかたわらで待機していた女性にうなずきかけた。やがて、サニー、マリア、パンジーは姿を消した。彼は眉間にしわを刻んだ。バンビーナを目にすればサニーも安心するのでは、と考えていたのだ。ところが彼女は、バンビーナを見て警戒の色を見せていた。何ということだ。

ライにとってサニーは、解読も制御もできないコンピュータのプログラムのようなものだった。彼が考える平均的な女性とは、行動基準がまるで違う。

サニーたちは近くのキャビンに案内された。パンジーは、天蓋とドレープの付いたベビーベッドを見て、大喜びしていた。

「まるで……別世界だわ」マリアは興奮に瞳を輝かせ、甲高い声で言った。「一生に一度の経験ですね。ライ・ベランガーのクルーザーに乗せてもらうだなんてとても信じられません。しかも、ラ・バンビーナまで招待されているだなんて」

「そんなに有名な女性なの？」サニーはこわばった口調で尋ねた。

たちまちマリアが早口で説明を始めた。ラ・バンビーナは貴族の生まれで、イタリアでもトップクラスのセレブ。新聞や雑誌のゴシップ欄の常連であり、ファッションのセンスはもちろん、夫たちや恋人たちをつぎつぎに捨ててきたことでも有名だという。

つまり、彼女はライの愛人なんだわ。それ以外に考えられない。わたしに何が欠けているかを見せつけるためにこのクルーザーに乗り込んできた、ということ？　いずれにせよ、これはわたしには勝ち目のない戦いのようね。

　パンジーに食事を与え、お風呂に入れ、ベビーベッドに寝かせると、サニーはディナーのために着替えを始めた。だが、彼女はゴールドのカクテルドレスなど用意していなかった。持参したのは身ごろが刺繍で飾られ、スカートにビーズをあしらったドレスだけだった。フォーマルとは言えないが、着心地はいい。ただ、胸の谷間が少し見えすぎてしまうのが難点だ。

　勇気を出しなさい、サニー。彼女は鏡を見つめ、心の中でつぶやいた。だが、自分は場違いだという思いは拭いきれなかった。脚が長く、胸が小さく、スレンダー――サニーはそんなモデル体型ではない。むしろ小柄で豊満なタイプだった。そもそもライが彼女を欲望の目で見ていること自体が、驚き以外の何ものでもなかった。

　ロビー代わりの広い客室にライが現れ、彼女に近づいてきた。たちまちサニーは自意識過剰になった。彼女には美容院で髪やメイクを整える習慣はなかった。何をどうしたらいいのかすらわからなかった。マリアはこのチャンスを生かすために、入念に準備してきたようだ。いっぽうサニーは、いつものサニーだった。状況に合わせて自分を変えるつもりはなかった。ラ・バンビーナのやり方を真似るつもりもなかった。そんな勝負をしても負けることは目に見えている。戦えるはずがなかった。

　そんなことをあれこれ考えていると、ライが彼女に言った。「そのドレスはよく似合う」

「ありがとう」サニーは礼儀正しく感謝の言葉を口にした。

　予想していたよりもセクシーなドレスだ、とライは思った。だが、何を着ているかは問題じゃない。ぼくの望みは、彼女の服を剝ぎ取ることだ。ドレスは彼女の豊かなバストを強調していた。桃を連想させる優しい胸の曲線を見ているうちに、ライは高ぶりをおぼえた。自分をコントロールすることができなかった。

どうしてサニーはこんな体型なんだ？　クリスタベルは爪楊枝のように痩せていた。他の親戚たちは体つきが違っていたのか？　恋人の好みに合わせたのだろうか？　だが、調査報告書によれば、彼女には過去、現在を通じて恋人はいないという。だとしても、サニーのようにセクシーな女性が他の男性の注意を引かないはずがない。誰かと付き合ったことはあるはずだ。しかし、彼女は自分の私生活について話そうとしない。どうしてサニーの過去がこんなに気になるんだ、とライは思った。これまで彼は、女性を自分だけのものにしたい、と考えたことは一度もなかったのだ。

飲み物が運ばれてきた。ラ・バンビーナは影のようにライに付き従い、使用人のように彼の世話を焼いた。彼女はウエイターを無視し、ライのためにみずから飲み物を運んだ。彼のそばを決して離れず、何かあれば、すぐにライの要望に応えようとした。

そんなラ・バンビーナを見ているうちに、サニーは自分とライは絶対に上手くいかないことに気づいた。彼女は恋人を神のように崇め、奉仕するタイプではない。それは否定できない事実だった。でも、どうして事実を認めることが、こんなにも苦しいの？

ライの生きている世界では、女性の地位はとんでもなく低いのよ。富と権力を誇る男性のお世話をするだけの存在なんだわ。でも、ラ・バンビーナの振る舞いを見て、わたしが勝手にそう思い込んでいるだけかもしれない。

やっぱりラ・バンビーナは彼の愛人なんだわ。それ以外の何だというの？

サニーはラ・バンビーナとライのわずかな体の触

れ合いを過剰に意識させられた。ブルネットの美女は何度もライの肩やひじを撫でていた。しかし、不快感を与えるような触れ方はしていないようだった。にもかかわらず、〝このひとはわたしのものよ〟と言わんばかりの態度を見せていた。いっぽう、ライは彼女には指一本触れていない。でも、彼は愛情を露骨に示すタイプじゃないのかもしれない、とサニーは思った。

サニーたちは夕食のために別の部屋に移動した。そこは贅を尽くした広い部屋で、料理は舌がとろけるような美味しさだった。だが、サニーは少し食べただけで、食器を脇に押しやった。マリアは興奮の面持ちでまわりを見まわしている。サニーはライを見直した。彼は使用人にすぎないマリアを食事に招待したのだ。そのいっぽうで、サニーはライから視線を逸らすことができなかった。ラ・バンビーナはまるで付き合いの長い恋人のように、取り分けた料理をライに手渡している。いや、事実二人は付き合いが長いのかもしれない……。

「楽しんでくれると思ったんだがな……」さらに別の部屋に移ると、ライがコーヒーカップを片手に言った。腕を伸ばし、サニーのひじをつかみ、立ち上がらせる。すると、ラ・バンビーナがいらだちの視線を向けてきた。彼女はサニーやマリアの存在を頭から無視し、ライだけに神経を集中させてきたのだ。こんな展開で気分がいいはずがなかった。

サニーはこの部屋に入った瞬間から、壁に掛けられているのがモネの睡蓮の絵であることに気づいていた。しかし、これみよがしな飾り方はしていなかった。ライが名画を買える財産の持ち主であることを、控えめに暗示しているだけだった。

「驚いたわ」サニーは押し殺した声で言い、細部を確かめようと絵に顔を近づけた。「こんな傑作が目の前で見られるだなんて最高ね」

ライは意外そうに眉を上げた。「きみは少しも驚いたような顔をしていなかったぞ」

「わたしは感動を静かに表現するタイプなのよ」

「この船にはきみが好きそうな絵がもう一点ある」

彼がそう言ったとき、ラ・バンビーナが二人のかたわらに現れ、早口でマネの話を始めた。だが、それは美術愛好家なら誰も知っている程度のことで、間違いも少なくなかった。サニーはあえて何も言わず、微笑(ほほえ)みを浮かべ、礼儀正しく耳を傾けた。しかし、手は爪が食い込むほど強く握りしめていた。こんな気持ちはあまり経験したことがなかった。

彼女が感じているのは嫉妬なのだ。その事実にサニーは衝撃を受けた。ジャックが妊娠中の花嫁と二十一歳で結婚したときも、彼女は嫉妬に苦しんだりしなかった。ジャックは彼女を愛していたが、愛だけでは不充分だったのだ。彼は心から子供を欲しがっていた。だからジャックは、弾丸のようにゴール目指して突き進んだ。ライにとって子供が産めない女性は、むしろ望ましい愛人なのだろう。それを考えると、苦々しい思いと滑稽な思いが同時にわき上がる。彼はサニーと人生をともにするつもりがない。彼女がラ・バンビーナに嫉妬すること自体、ばかげた話なのだ。どう見てもライにとって、彼女よりもラ・バンビーナのほうが重要だ。

マリアはパンジーと同じ船室で夜を明かすことになっていた。部屋を交換しよう、とサニーが申し出ると、マリアは仰天し、パンジーの面倒を見ることがわたしの仕事ですから、と言い返した。やむなくサニーは自分の船室に戻り、コットンのナイトガウンに着替え、ローブを羽織った。部屋の中を意味もなく歩きまわっていると、スタッフを呼び出すボタンが目に入った。頼みたいことはあったが、真夜中すぎにボタンを押すのは申し訳ないような気がした。

アトリエが恋しかった。絵筆があれば、空まわりするエネルギーを意味のある方向に向けられるのだが。サニーは顔をしかめ、深く考えずに船室を出た。わたしはいったいどうしてしまったの？

胸がときめくような男性に、ついに出会ってしまったのよ。でも、そのひとは永遠に手に入らないひと。人生はつらいことばかりね、とサニーは自分に言い聞かせ、上甲板に向かった。彼女に興味を示さなかった父親。彼女を妹として受け入れなかった姉。そして、ジャック。愛する祖母と母も亡くなってしまった。でも、パンジーがいる。あの子はわたしの宝物だわ。だから、ろくに知りもしない男性に恋い焦がれる必要なんてないのよ。

「ミス・バーカー？」スチュワードが不意に現れ、サニーはぎょっとした。「何かご用意しますか？」

「お茶をお願い。甲板に出ても大丈夫かしら？」

スチュワードは用意できるお茶の種類を説明しながら、甲板へと続く扉を開けた。

「イングリッシュ・ティーを」彼女が言うと、湿った風が吹き込んできた。

〈ベランガー一世〉は、明日の朝サニーとパンジーが出発するまで、ここから動かないことになっていた。でも、そのあとはどこへ……？　彼女は船の行く先を知らなかった。つぎにライに会えるのがいつなのかもわからなかった。一カ月後だろうか？　月に一度しか会えないのはつらいけれど、耐えるしかない。少なくとも、いまこの瞬間のような苦しみは味わわずにすむ。彼がベッドでラ・バンビーナを相手に何をしているのかを想像して、つらい思いをしなくてもすむのだ。涙が込み上げてきたが、怒りにまかせて拭き取る。紅茶が運ばれてきたからだった。ささやかな落胆を必要以上に大げさに考えるのはばかげている。

まばたきを何度も繰り返し、サニーは紅茶を飲んだ。何とか気持ちを静めようとした。こんな激しい感情の揺れには慣れていなかった。ジャックと別れたときも、ここまではひどくなかった。それなのに、どうしてライは彼女の心をかき乱すのだろう？　つぎの瞬間、悪夢が現実のものになった。ライが甲板に姿を現したのだ。喉もとのボタンを外したシャツにジーンズという、いつもよりカジュアルな服装だった。

「ライ……」サニーは弱々しくつぶやいた。彼女は身なりにはまるで気を使っていなかった。乗組員以外に出会うことはないだろう、と考えていたからだった。

彼はサニーの前で中腰になった。ライの鋭い視線を浴び、彼女は思わず身を縮めた。「どうかしたのか？」

「別にどうもしていないわ！」サニーは自分自身の金切り声にたじろいだ。

ライは彼女の頬の涙の跡に気づいた。スチュワードから、サニーはつらそうな顔をしていたという話を聞き、ベッドから飛び出してきたのだ。彼女が何を悩んでいるのかはわからなかった。なぜ自分が気にしているのかもわからなかった。サニーが何を悩んでいるにせよ、彼には関係などないはずだ。

だが、ライは身を乗り出し、彼女の頬の涙を指で拭いた。「きみは泣いていたんだな。ホスト役として、理由を訊かないわけにはいかない」

「ちょっと自分を哀れんでいただけよ。気を使ってもらえるのはありがたいけど、あなたにできることは何もないわ」

ライは背筋を伸ばし、彼女のとなりに腰を下ろした。「それは信じられないな」

「バンビーナがあなたを捜しているんじゃないの？」サニーはできるだけさりげない口調で尋ねた。「いまは真夜中だもの」

ライは眉間にしわを寄せた。「どうして彼女が真夜中にぼくを捜したりするんだ？」彼はそこで黙り込み、やがて大声で笑いだした。「きみはまさか……ぼくがバンビーナと付き合っていると思っているのか？　冗談だろう？　彼女は一方的にぼくにまとわりついているだけだ」

予想外の返答にサニーはショックを受けた。衝撃は波のように全身に広がったが、不安は消えなかった。「でもわたしは、あなたたちが……恋人同士だと思っていたんだけど」

「誤解もいいところだ」ライは無造作に言ってのけた。「ぼくがイタリアでパーティのホスト役を務めるとき、彼女はよく手を貸してくれるんだ。だから今夜この船にいたのさ。それに、彼女がいたほうが、きみも安心するんじゃないかと思ったんだ」

「安心？」サニーは当惑の表情で言った。「彼女がいると、どうしてわたしが安心するの？」

ライは彼女の顔をまじまじと見た。「ぼくはきみが欲しいとはっきり言った。だが、きみはノーと答えた。だから、他に女性が一人もいないクルーザーで夜を明かすことに不安を感じているんじゃないか、とぼくは考えたんだ」

笑いだしたくなる衝動がどんどん胸に広がっていく。「でも、マリアがいるわよ」

「スタッフは数のうちに入らない」彼が言うと、サニーは頬を赤く染め、手で口もとを押さえた。

彼女は顔を横に向け、咳き込んだ。笑うわけにはいかなかった。ライは彼女を安心させるために気を使ってくれたのだ。そんな彼を傷つけたくなかった。

「ライ……わたしはあなたの求めにノーと答えたけど、それでもあなたを信じているわ。あなたはわたしが望まないことをするようなひとじゃない」

「それを聞いて安心したよ。だが、きみはまだ泣いていた理由を説明していない。ぼくはカウンセラーにはほど遠いが、いまきみの話を聞いてあげられるのは、ぼくだけのようだからな」

「わたしの人生から消えたひとたちのことを考えていたら、悲しくなったのよ。ときどきそんな気分になるけど、誰かに心配してもらうようなことじゃないわ」

「だとしても、きみが悲しむところは見たくない」

「それなら、あなたの前では悲しい顔をしないように気をつけるわね」

「失っていちばんつらかったのは誰だい？」

「母よ」サニーはこわばった口調で答えた。またしても涙が込み上げ、まばたきを繰り返す。「夜、友達の家から戻る途中に車にはねられたの。突然の出来事だった。母はわたしたちの人生を照らす光だったのに、急に……いなくなったのよ。祖母も打ちのめされていたわ。娘が自分よりも先に逝くだなんて、思ってもいなかったのよ。母は父には冷たくされていたけど、たくさんのひとから愛されていたわ」

大きな手で抱き上げられ、サニーはうろたえた。やがて、ライの膝の上に下ろされる。サニーは彼の顔を見上げた。

「きみがまた泣きだしたから、ぼくは慰めようとしているんだ。だが、あまり期待しないでくれ。ぼくは慰め方なんてろくに知らないんだ」彼は不器用な口調で言った。

サニーはいっぽうの手を上げ、ライの端整な顔に触れた。髭（ひげ）が伸びはじめた顎を指でなぞる。「でも、あなたは努力している。それが重要なのよ」

「そうなのか？」彼は納得していないような顔でささやき、顎をサニーのてのひらに押しつけた。

気がつくとサニーは体を伸ばし、彼にキスしていた。熱いくちづけではなかった。心が癒やされるような、唇と唇の触れ合いだった。だが、ライはそれで終わらせるつもりはないようだ。舌がサニーの唇のあいだに忍び込み、奥に分け入る。心癒やすくちづけは、数秒のうちに荒々しく情熱的なキスに変わった。サニーの喉から喘ぎがもれる。眩暈が襲ってきた。高揚に全身が輝きを放ち、心臓が激しい鼓動を繰り返した。

「これはイエスなのか？　それとも、ノーなのか？」くちづけの最中にライがうなるように言った。

サニーが歓喜に満ちたまなざしをライに向け、両手を彼の広い肩に置いた瞬間、頭の中で声が響いた――ここが運命の分かれ目よ、と。「あなたにキスをされると、何も考えられなくなるの」彼女は質問をかわした。

「きみはぼくとベッドをともにしたいのか……それとも、したくないのか？」ライは忍耐の限界に達しているようだった。

ぶっきらぼうでいらだたしげな口調に、サニーは思わず笑った。そのとき、彼女の心は決まった。初体験に向かって足を踏み出すのには覚悟がいる。けれど、ジャックに捨てられたショックからは立ち直るべきだ。普通の人生と距離を置くのはもうやめたほうがいい。ジャックはもう自分の人生を生きているのに、彼女の人生は何年も前から止まったままだ。自分にぴったりの男性に出会えなかったからかもしれない。出会っているのに、それと気づかなかったのかもしれない。いずれにせよ、ライは他の男性とは違っていた。彼は強い意志と制御不能のエネルギーの持ち主だ。しかも、この世に彼女以外の女性はいない、とでもいうような目でこちらを見てくれるのだ。

「イエスよ。答えはイエス。でも、あなたがどんな人生観の持ち主かはわかっている。だから、一夜限りよ」

彼は長い指でサニーの顎に触れ、顔を上に向かせ、黒い瞳を向けてきた。「なぜだ？」

「それ以外のやり方では上手くいかないからよ。わたしたちは欲望を満たし、それからもとの生活に戻るべきだわ」彼女はきっぱりと言った。

「それで上手くいくとは思えないな」

「時間がたてばあなたも気づくはずよ。あなたにとってわたしは、一時的に熱を上げただけの相手にすぎない、と」

サニーの言葉はそこでさえぎられた。ライが強引にキスをしてきたからだった。彼女の体は興奮で満たされた。

それはいままで味わったことのない、驚くほど新鮮な高ぶりだった。高揚感以外のすべてが吹き飛ばされていく。ライに複数の愛人がいることは知っていた。しかし、一夜限りにせよ彼と二人きりで過ごせるのなら、そんなことはどうでもよかった。彼女は決断を下したのだ。完璧にはほど遠いが、それでもこれが最良の答えだった。

ライは彼女を抱いたまま立ち上がった。「きみには何度でも驚かされるな」

「下ろしてちょうだい」

「なぜだ？　ぼくはきみを抱いて運びたいんだ」ライは彼女の目をのぞき込み、クルーザーの階段を下りはじめた。「きみを逃がしたくないのかもしれないな」

「わたしは約束を破るような女じゃないわ」

「きみが心変わりをしない、という保証はどこにもないだろう。だが、もちろんきみには心変わりをする自由はある。それは尊重するつもりだ」

「わたしはあなたを不安にさせる女なのね」

「たしかにきみには他人を混乱させるところがある。だから不安にもなる。しかし、そこがまた魅力的なのさ……」

二人は広い船室に入った。部屋は薄暗く、高いガラス製の天井から夜の空が見えた。ライは彼女をベッドにそっと下ろすと、操作ボタンを押し、天井をカバーで覆った。たちまちあたりが闇に包まれる。

「言っておくけど」サニーはひじを突いて体を起こした。「わたしは経験がないわ。バージンなの」

彼は驚いたように眉間にしわを寄せた。

部屋に静寂が垂れこめた。それに耐えかね、彼女はつぶやいた。「ごめんなさい」

「きみはまるでユニコーンだな。ぼくは数が少ない貴重なものが好きなんだ。だが、どうしてきみはいままで純潔を守っていたんだ？」

「こんなふうに誘惑されたことが一度もなかったのよ。あなたに出会うまでは……」

「けれど、ぼくはきみの恋人にはなれない」

「そこまで求めるつもりはないわ。ああ、あなたはそれで不安なのね？」サニーは悲しげに微笑んだ。

「自分が何をしているかくらい、わたしだって理解しているわ。恋愛関係が期待できないこともわかっているつもりよ」

彼の顔から緊張が消えた。

ライはサニーに近づき、指で彼女の頬骨をなぞった。瞳は欲望にきらめき、口もとには野性的な笑みが浮かんでいる。再び彼女を抱き上げ、気が遠くなるようなキスをしてきた。サニーの下腹部で熱い何かが目を覚まし、胸の頂が張り詰めた。ライは彼女のローブを取り去り、しなやかな身のこなしで自身のシャツを脱いだ。

サニーはライを見つめた。とたんに息が苦しくなった。肌はオリーブ色で腹筋は割れている。男性的な魅力に満ちあふれた肉体だ。ライは彼女に向き直り、もう一度抱き寄せた。大きな手でサニーの頬を包み、柔らかな唇を貪り、彼女の頭を枕にもたせかけた。

「いまのぼくは飢えた狼(おおかみ)だ」彼は最後の障壁であるサニーのナイトガウンを決然と剥ぎ取った。「きみが欲しくてたまらないんだ」

彼女の胸に顔を近づけ、豊かなふくらみを手の中に収める。硬くなったその先端を頬張る。下腹部からわき上がる甘い悦楽にサニーは息をのみ、身をよじった。たくましい肩をつかみ、黒髪に指をからませた。喉から小さな声がもれる。ライが欲しかった。これほど何かを欲しいと思ったことはなかった。肌を合わせること。官能の喜びを知ること。その二つは、これまでサニーが一度も自分に許さなかったことだ。そしてその二つを、彼女はいままさに味わっていた。ライの技巧は目も眩むほどすばらしかった。

彼は美しい曲線を描くサニーの体に愛撫を加え、好きなところを丹念に攻めた。首筋に唇を押し当て、歯を立てる。彼女が反応を示すと、楽しげに笑った。ぬれた両脚のあいだに情熱を集中させると、サニーの腰が震えた。時間の経過とともに、彼女は自分の欲望をさらに強烈に意識させられた。もっと激しく求められたかった。

ライの熟練した指が彼女の体をわななかせる。サニーのもっとも敏感な部分に優しく触れ、何度も弧を描いた。それからライは頭を低くし、唇と舌で彼女を味わった。理性が吹き飛ぶような愉悦にサニーは体をくねらせた。興奮がゆるやかにふくれ上がる。彼女はもはや耐えられそうになかった。背中がのけぞり、息を求めて唇が開く。快楽の波がつぎつぎに押し寄せ、サニーを高みへと運び、狂おしいクライマックスの只中に叩き込んだ。

歓喜の余韻に朦朧としながら、ライを見上げる。心臓は激しく鳴り響き、体はまた疼いていた。

「メインディッシュはこれからさ」ライは冗談めかした口調でささやいた。避妊をしなくては、と自分に言い聞かせる。そのとき、サニーが妊娠できない体であることを思い出した。

ライは彼女の左右の脚を開かせ、そのあいだに体を滑り込ませると、欲望のあかしをサニーの中心にあてがった。

「きみは気づいていないようだが、ぼくたちの体の相性は最高なんだ」確信とともに言い、引き締まった腰を前に突き出し、ゆっくりと彼女の中に入っていく。

満ち足りた思いがライを包んだ。ずっと前から……遠い昔から彼女を待っていたような気がした。サニーは彼の暗い人生を明るくしてくれた。一夜限りの関係だと彼女は言っていたが、ライはそれを信じていなかった。サニーは危険を避けようとしている。彼女はいつもそうなのだ。彼女のそんな性格には、初めて会ったときから気づいていた。サニーは自分の人生を守るために小さな繭を紡ぎ、その中で暮らしていた。だがライは、別の人生の可能性を示すことによって彼女の世界を大きく揺るがしたのだ。

サニーはライが入ってきたことを体で感じ取った。少しだけ腰を動かし、彼を促す。わななきが背中を駆け上がった。欲望の波が押し寄せ、期待の水位が上昇する。ライは彼女の両脚を抱え上げ、さらに深く体を沈めた。一瞬、激痛が走った。ライが心配そうに顔をゆがめる。痛みがひどくなるかもしれない、と彼女は覚悟を固めた。しかし、それ以上の痛みはなかった。最悪の予想は外れたようだ。

ライは押し殺したうめき声をあげた。「ぴったりと包み込んでくる……きみは最高だ」

彼の体のぬくもりと重みに、サニーの情熱は燃え上がった。ライの突進が激しさと速さを増す。興奮が渦を巻き、さざ波と化して広がり、全身を包み込む。ライが彼女を抱き締めると、あらゆる感情がいっきに合流し、猛然と爆発した。彼は猛攻を繰り返し、サニーをわがものにした。彼女は何も考えられず、ライの律動に反応することしかできなかった。究極の高みを目指してひたすら上りつめていった。そして、サニーはまたしても頂点を極め、甘美な悦楽に打ち震えた。

「きみとなら最高の喜びが味わえるな」ライはサニーから体を離し、シーツに身を横たえた。彼女の手は握ったままだった。

サニーは身じろぎもしなかった。一夜限りの関係の場合、女性は相手のベッドに長居をするべきではない、という話を思い出した。体を起こし、感情を抑えて言う。「そろそろ部屋に戻るわ」

「いや、ここにいてくれ」

「でも、こういう状況でのエチケットがあるんでしょう？　それはわかっているわ」彼女は不安を感じながら言った。「すぐに帰るべきなのよね」

ライは彼女を抱きしめた。「帰ってほしくないんだ」

サニーは驚きの表情を見せた。しかし、ライも自分自身の言葉に驚いていた。彼はいつも一人で眠ることにしていた。愛人がベッドに留まるのは好きではなかった。だが、なぜかサニーは手放したくなかった。こんな気持ちになるのは初めてだった。帰ろうとする態度自体が、作戦の一部なのだろうか？

そんな疑いをおぼえながら彼女に顔を近づける。途方に暮れたような大きな瞳がこちらを見返す。策略を練っている顔ではない。逃げ道を探そうと必死になっている表情だ。

「ライ……わたし――」

「ここにいてくれ」彼は力を込めて言った。

サニーは身を固くした。ライがもう一度腕を体にまわすと、彼女はようやく緊張を解いた。「こういうことには慣れていないの」サニーの声はこわばっていた。

ライは彼女を抱いていた腕の力をゆるめた。「リラックスすればいいんだ」

「無理よ……こんなふうに男性と二人きりになるだなんて、経験がないんだもの」サニーは暗い表情で言った。「夜中にパンジーがわたしに会いたがったら、どうしたらいいの?」

ライは電話に手を伸ばし、通話をすませた。「これでよし。きみはいつでも連絡が取れる」

「それはつまり……わたしがあなたの部屋にいることをスタッフに話した、ということ?」サニーは恐怖に口をあんぐりと開けた。「あなたは慎重なひとじゃなかったの?」

「きみのせいでぼくの慎重さはどこかに行ってしまったよ。さあ、眠ろう」

なぜかサニーはそのまま眠りに落ちた。疲れていたからだった。予想外の展開が続いたうえ、対処の仕方がわからない感情を味わわされたからだった。

やがて彼女は、真夜中のどこかで目を覚ました。するとライが、大丈夫なのか、と尋ねてきた。

「〝大丈夫〟って?」

「避妊をしなかった」彼は張り詰めた声で言った。「子供ができない体だ、ときみは言っていただろう……? いつもなら、こんな不注意なまねはしないんだが」

「夜はまだ終わっていないのよ」サニーはささやき、ライに腰を押しつけた。彼の体は欲望をあらわにした。

ライは彼女の求めに応じた。驚くほど刺激に満ちていたが、前回よりもゆるやかだった。熟練した彼の手がサニーの裸身をまさぐり、焦らし、燃え上がらせる。彼女は頭をのけぞらせた。そこは快楽に満ちた楽園だった。やがてライは彼女が求めていたものを与えてくれた。彼は硬かった。飢えていた。貪欲だった。そしてライが果てると、彼女はまたしても眠りに落ちた。いっしょにシャワーを浴びよう、と彼は言ってくれたが、返事すらしなかった。動けそうにない、と答えたかったが、声を出す気力すらなかった。だいいち、二人でシャワーを浴びるという試練に耐えられる自信がなかった。明日になればすべてが変わる。今夜のことはリセットしなくてはならない。それなのに、どうして彼はよそよそしい態度を取ってくれないの？

5

ライはいつもより遅い時刻に目を覚ました。ベッドには彼自身しかいなかった。眉間にしわが寄った。

どうしてサニーは起こしてくれなかったんだ？ぼくたちは最高の一夜をともにした。自信に欠ける男性なら、この仕打ちに傷ついていたはずだ。だが、ライは自信の塊だった。昨日は情熱的な夜を過ごした。彼がサニーを求めていたように、サニーも彼を求めていたのだ。そんなことを考えながら、バスルームに向かった。コンドームを使わないセックスは最高だった。しかし、不安も感じていた。昨夜は欲望に押し流されてしまった。彼女がイギリスに戻る前に、この問題はきちんと解決しておかねばならない。

　おそらくサニーは、姪に会うために早起きをしたのだろう。だとしたら仕方がない。子供が大人より優先されるのは当然だ。ぼくもそんな母親に育てられたかった、とライは思った。だが、運命が彼に与えたのは意志薄弱で臆病な母親だった。彼の母クララは、残酷で支配的な男性に長年心を奪われていたのだ。彼女が夫のもとを逃げ出す勇気を出せたのは、二人目の子供を妊娠したあとだった。しかし、パンジーにはサニーがいる。サニーなら姪に惜しみなく愛情を注ぎ込むはずだ。

　サニーは船室で荷造りを終えたところだった。体を動かすたびに筋肉が疼き、いままで使ったことのない体の一部がかすかに痛んだ。口もとに笑みが浮かぶ。あれは決して忘れることのできない、魔法のような夜だった。暗い過去の鎖を引きちぎり、チャンスをものにした自分自身を褒めてやりたかった。

　この先、手に入らないものを思い、悲しむこともあるだろう。だが、人生とはそういうものだ。いっぽうの手で何をつかめば、もういっぽうの手の中のものを捨てねばならない。それにしても、ライはわずか数時間のあいだに何度も情熱を迸らせた。彼は……疲れを知らない男性だった。それ以外に表現のしようがなかった。おそらく自分は、そこまで彼の欲望を刺激する女性なのだろう。それを思うと胸が躍った。

　彼女の荷物を運ぶために現れたスタッフが、ライがオフィスで待っていると告げた。サニーはパンジーをマリアにまかせると、同じスタッフの案内でエレベーターに乗り、トップデッキに向かった。またライに会うのかと思うと、頬が熱くなった。夜明けに忍び足で彼の部屋を抜け出すのは簡単だった。しかし、いまになってその報いを受けることになりそうだった。

「おはよう、サニー」ライは笑顔で挨拶をした。「きみとパンジーの三人で朝食を食べようと思っていたんだが、きみはぼくを起こさずに消えてしまったようだな」

ライはカジュアルな仕立ての淡色の麻のスーツがよく似合っていた。ダークブルーのシャツに包まれた体が筋肉質であることも、はっきりと見て取れる。自分が彼の体をしげしげと見ていることに気づき、サニーは頬を赤らめた。危険な疼きが腰に走る。

「このやり方のほうが、おたがいのためになると思ったのよ」彼女は感情を抑えて言った。だが、目の前にライがいるせいで、呼吸もままならなかった。

彼の勧めに従い、ひじ掛け椅子に腰を下ろすと、イタリアの海と岸辺を一望に収めることができた。彼のコロンの香りが鼻をくすぐり、サニーはさらに身を固くした。「あなたは最高のオフィスで仕事をしているようね」

ドアにノックの音が響き、スタッフがトレイを抱えて現れた。

「ハーブティーだ。飲めば気持ちが落ち着く」ライが黒い瞳を楽しげにきらめかせる。

「でも、あなたはコーヒー。お茶のほうがヘルシーなのは事実だけど、わたしがお茶の効能についてとうとうと語りはじめたら、聞き流していいわよ」

「おたがい、昨日の夜は大胆だった。だが、大胆すぎて子供ができる、という展開は避けたいものだな」

サニーの体が凍りついた。「それは絶対にないわ。わたしは子供ができない体だもの」青ざめた顔で言う。ライにとってはほっとする答えなのだろうが、彼女にとっては心の古傷がえぐられる話だった。

ライは緊張を解き、軽い口調で言った。「予定を延ばして、もう少しこの船にいたらどうだ？」

サニーはうろたえ、目を伏せた。「それは無理ね。絵を描いて、動物たちの面倒を見なくちゃならないから」

「その問題なら解決できる」ライはそう言い、彼女の体に視線を走らせた。サニーはブラジャーの中で胸の先端が硬くなり、両脚のあいだが湿り気を帯びるのを感じた。「きみの画材をここまで空輸してもいいし、新しく買いそろえてもいい。動物たちの面倒を見る人材を手配することもできる。きみは何も心配しなくてもいいんだ」

サニーは深呼吸をし、こわばった顔で言った。「わたしは家に帰りたいの。旅行は楽しませてもらったわ。あなたのおもてなしはすばらしかったし、ほんとうに感謝しているのよ」

「きみにとっては、セックスも〝おもてなし〟の一部にすぎなかったということなのか？」

サニーは顔をこわばらせた。ライは端整な美貌に険しい表情を浮かべている。「そういう言い方はフェアじゃないわ。あれが最初で最後の夜だということは、おたがいわかっていたはずよ」

「たしかに、あのときはきみはそう言っていた。だが、あれは本心ではないとぼくは思っていた。それに、ぼくはきみの考えを受け入れなかったし、同意もしていなかったはずだ」

「いまさら、そんな」サニーは不安に襲われた。動揺を抑えながらお茶を飲む。下ろしたカップがソーサーにぶつかり、耳ざわりな音をたてた。「だったら、あなたは昨夜のうちにそれを言うべきだったのよ」

「手に入れたい女性を前にして、そんな台詞を言う男がいるとでも思うのか？　とにかく、ぼくはきみの言葉を信じなかった。あれはまるで筋が通っていなかったからな」

「いいえ、筋は通っていたはずよ」サニーは声を張り上げた。「わたしとあなたでは、価値観やライフスタイルが違いすぎる。一夜限りの関係なら、未来に悪い影響が及ぶこともないわ。あれはもう終わった話なのよ」

「いや、まだ終わっていない！」ライは荒々しく言い返した。

「いまわたしにできることなんてないわ。あるとすれば、昨夜のことを後悔するくらいね。別に昨夜のことを否定したいわけじゃないの。理性的に考えるとそういう結論になる、という話よ。そもそもわたしたちは、パンジーの幸福を第一に考えるべきだわ。わたしたちはあの子の伯父と叔母なのよ。恋人同士じゃないわ」

「そんなことを気にしても意味はないな。パンジーはまだ赤ん坊なんだぞ！　昨日の夜、ぼくはきみが欲しかった。いまもきみが欲しい。ぼくは気まぐれな男じゃない。ベッドの中であれだけ乱れていたきみが、いまになってスイッチをオフにできるはずがないんだ！」

「簡単にスイッチが切れる、と言うつもりはないわ」サニーは言い返し、立ち上がった。「でも、それは快楽の代償よ。わたしたちがこのまま関係を続ければ、結末はきっとひどいことになるわ。あなただってそれはいやでしょう？　わたしだってルールを破るようなまねはしたくないのよ」

「きみは門限に縛られているティーンエイジャーじゃないんだぞ、サニー。人生のルールは自分で決められるはずだ」

「あなたに他に愛人がいることも、わたしたちの価値観が違いすぎていることも、とても受け入れられないわ」彼女はそこで言葉を切った。だが、彼が興味のなさそうな顔をしていたため、サニーは怒りとともに両手を高く上げた。「説明したところで意味はないわね。あなたは何も聞いていないんだから……。いいえ、そもそもあなたは聞く気がない。興味がない場合、あなたは相手の話を無視する。話が気に入らない場合も、やっぱり無視するのよ。あなたの世界では、きっとそのやり方で上手くいくんでしょうね。誰もがあなたの意見こそが最高だと信じているんだから。でも、わたしの世界ではそうはいかないわ。絶対に無理よ！」

「他に何か言いたいことは？」ライは冷ややかに尋ねた。「それとも、怒鳴りたいだけ怒鳴ったから、もういいのか？」

「わたしは怒鳴ってなんかいないわ！」サニーは憤然と言い返した。

「いや、怒鳴っているさ」ライは淡々と応えた。サニーは彼の前をいらいらと歩きまわっている。「実を言うと、ぼくは怒鳴られるのがあまり好きじゃないんだ」

「ああ、もういい加減にして！」彼女はライに怒りをぶつけた。「こんなに頭に来るひと、生まれて初めてだわ！　あなたは偉そうな態度で話を進めようとしているけど、そんなやり方はわたしには通用しないわよ！」

「こっちだって、きみが真実から目をそむけることを許すつもりはない」ライは彼女とドアのあいだに立ちふさがった。「それがきみのやり方なのか、サニー？　いつも魅力を振りまいているが、いざ相手と話が合わなくなると、たちまち逃げ出すのか？　そのやり方はぼくには通用しないぞ」

「あなたってほんとうに頑固なひとね」

「ぼくがそういう男だということは、きみもわかっていたはずだ。そうだろう？」彼はサニーの逃げ道をふさいだまま言った。「現実から目をそむけて逃げ出すことは、ぼくが許さない」

「わたしは何からも目をそむけていないわ！」サニーが怒りの声をあげる。

「あいにくだが、きみは目をそむけている。ぼくたちが引かれ合っている、という事実を直視しようとしないんだ」

「あなたの訪問を大人しく待っている愛人たちはそうじゃない、と言いたいのね？　そういう愛人たちこそが普通だ、と？」サニーは激怒していた。彼女と付き合える男性はこの世で自分だけだ、と言わんばかりの態度が不愉快だった。「わたしが望んでいるのは、ごくごく基本的なものだわ。平均的な女性が何を望んでいるのかは、きっとあなたには理解できないんでしょうね」

ライは足を一歩前に踏み出した。「何を望んでいるんだ？」

「あなたが聞きたくないようなことよ」サニーは力を込めて言った。「共有することがいやなの！　わたしを別の男性と共有しろと言われたら、あなたは受け入れるの？」

彼の口もとの筋肉がぴくりと動いた。「受け入れるはずがないだろう」

「ほら、やっぱり。あなたはわたしに要求していることを、自分で受け入れる気がないのよ。これは女性差別？　それとも偽善？　わたしにはよくわからないわ。わたしにわかるのは、あなたの提案を受け入れるつもりはない、ということだけよ」

ライは奥歯を噛み締めた。彼が議論で負かされることはめったにない。しかし、今回は論理的に反論することができなかった。それがたまらなく腹立たしかった。彼は差別主義者でもなければ、偽善者でもない。避けられない変化には、適応するしかないことはわかっている。若く健康な男性がすべてそうであるように、彼もセックスを求めていた。だが、寝室での秘め事がゴシップ新聞の紙面を飾るのは願い下げだ。そうなると、愛人を作るという解決策を選ばざるを得ない。しかし、サニーは愛人として扱っていい女性ではなかった。

「話し合いが必要だな」

サニーは仰天したような顔で彼を見返した。「そうとは思えないわ」

「それ以外に手はないだろう？　何が受け入れられないのかを教えてくれ。それを聞いたうえで、条件がのめるかどうかを判断する」

「あなたはビジネスの世界に染まりすぎているわ。恋愛はビジネスの論理で割り切れるものじゃないのよ」

ライは皮肉めいた笑みを浮かべ、静かな口調で言った。「サニー……ぼくは恋愛経験がないんだ」

サニーは驚愕の表情を見せた。「ありえないわ」

「いや、それが事実なんだ。ぼくにとって女性というのは……肉体的な存在なんだ。恋愛感情を感じたことはない。まともに話をしたことすらない……」

ライは苦痛に満ちた笑みを浮かべた。「ぼくは口数の少ない男だし、自分の感情を他人に伝えるのも好きじゃない。愛人たちはぼくにセックスを提供し、ぼくは彼女たちに快適な生活を与える。物々交換のようなものさ。それ以上でもそれ以下でもない」

その瞬間、彼女はライを抱き締めたい、という不思議な衝動に駆られた。そして、わたしとはずっと話をしているくせに、と言ってやりたくなった。ライは他の女性と違う何かを、彼女に感じているのだろう。サニーは胸に疼きを感じ、ため息をついた。

「ライ」

「きみにはそれ以上の何かがあるんだ」

「ええ、言いたいことはわかるわ」

「昨日の夜は……特別だった。きみのように信頼できる女性に出会えたのはひさしぶりだ。昨夜、ぼくは避妊をしなかった。いつもなら、ぼくはあんなリスクは冒さない。それはきみを……信じていたからなんだ」

「そうだったのね」彼女はライの言葉にひそかに歓喜しながら、震える声で言った。

「ぼくはきみが欲しいんだ」彼は手を伸ばし、サニーを抱き寄せた。

ライの香りを嗅いだとたん、欲望の炎が燃え上がった。彼女はこの腕の中で一夜を明かしたのだ。夢のような最高の夜。その一瞬一瞬が彼女の宝物だった。

「きみもぼくを欲しがっているはずだ」

「わたしが求めているのは、あなたが差し出すつもりがないものなのよ」サニーは途方に暮れた。

ライが彼女を抱き上げ、唇を奪う。サニーはスイッチをオンにしたエンジンのように、体が荒々しく脈動を始めるのを感じた。ライが舌を唇のあいだに差し入れると、頭をのけぞらせ、欲望に身を震わせた。ライが欲しかった。それは言葉では表しようのない欲望だった。サニーは彼の腕を振りほどき、後ずさりした。彼女の顔は赤く染まっていた。

「こんなことはするべきじゃないわ。わたしはパンジーに会わなくちゃならないのよ」

「きみはぼくに心を閉ざし、納得がいかない解決策にも心を閉ざすんだな」

「あなたの言うとおりかもしれないわね、ライ。でも……わたしにだって自分の考え方はあるし、自分の身は守りたいのよ」

彼女を見つめるライの瞳には険しい光が浮かんでいた。「それはわかる。だが、ぼくは決してきみを傷つけたりしない」

「あなたが意図的にわたしを傷つけることはないでしょうね。でも、状況が正しく理解できなくて、結果としてわたしを傷つける可能性はあると思うの」

サニーはライと二人で甲板に出た。甲板ではパンジーが、鳴き声をあげる機械仕掛けの猫を追いまわしていた。

「あんな最新型のおもちゃをパンジーに買ったことは一度もないわ。わたしはもっとシンプルなものが好きだから」

「自分が子供だったころのおもちゃにこだわるのは、あまりいいことじゃないな。世の中は変わりつつある。ぼくたちもそういう変化と無関係ではいられないんだ」

プライベートジェットはイギリス目指して飛びつづけていたが、サニーは疲れ果てていた。となりの席ではパンジーが熟睡している。やがて、サニーも眠りに落ちた。昨夜はろくに寝ていなかったからだ。彼女は心理的に参っていた。いままで経験したことのない感情を味わったからだ。

コテージの中庭に車を乗り入れたとき、サニーは納屋が修繕されていることに気づいた。どういうこと？　車を降り、パンジーを外に出すと、納屋の状態を確かめようとした。出発する前に地元の建築業者に見積もりを頼んでいた。保険会社は納屋の垂木が腐っていたことを理由に、保険金の支払いを拒んでいた。つぎの冬を乗り切るためには、きちんとした修繕が必要だった。ところが納屋の屋根はすでに完全に改修されているのだ。

「うちの納屋に何があったの？」彼女は友人のジェマに尋ねた。

ジェマは近所の住人で、保護された動物たちの面倒を見ていた。サニーが飼っている動物たちも、すべてジェマから委託されたものだった。二人のうちのどちらかが旅行に出ると、残ったほうが相手の家や動物たちの面倒を見ることになっていた。

「あの納屋？」ジェマは眉を上げた。「あんなに必死で仕事をするひとたち、いままで一度も見たことがないわ。あなたが出かけたすぐあとに現れたかと思うと、古い屋根を解体して、今日の午前中のうちに屋根を新しくしたのよ。投光器やら何やらを使って、ひと晩中働いていたわ。マフィーは放牧場で夜を明かすことになって、ほかの子たちはわたしがペットホテルに連れていった。ああ、そうだわ。実は――」

チワワが猛スピードでサニーに駆け寄り、彼女の足もとで跳ねまわった。

「バートが戻ってきたのよ」

「そのようね。何かトラブルでもあったの？」サニーはバートを撫でるために身を屈めた。だが、彼女の頭の中では、〝投光器〟や〝ひと晩中働いていた〟という言葉がぐるぐるまわっていた。こんな突拍子もない作業を指示するのは、ライ以外に考えられなかった。

「バートは新しい飼い主の家のフェンス越しに、おとなりの犬に向かってずっと吠えていたのよ。自業自得ね」ジェマはため息をついた。「ところが、こっちに戻ってきたとたんに大人しくなっちゃったの。ベアをいじめたりもしていないわ。そうそう、地元の最新のゴシップも話しておくわね……先週、ジャック・ヘンダーソンと奥さんが別れたみたいなのよ」

「何があったの？」

「詳しいことはよくわからないけど、エリー・ヘンダーソンは家を出て、ジャックのいとこと暮らしはじめたのよ。子供たちの面倒は、ジャックのお母さんが見ているらしいわ」

「信じられない話ね」サニーは仰天した。

「昔、ジャックと付き合っていたんでしょう？」

「十代のころは仲がよかったけど、その後別れたわ。それ以降は、あまり話したことがないのよ」

ベアが足もとに体を横たえると、パンジーは笑い声をあげ、その背中を撫ではじめた。サニーはジェマのためにお茶を淹れ、二人でおしゃべりをした。

そのあいだも、ライと話すときどんなふうに納屋の件を持ち出すべきかを考えていた。ジェマが帰ると、サニーはライに電話をかけた。

「納屋の修理はあなたが手配したの？」

「ああ。ぼくは建設会社も経営しているんだ」

「しかも、わたしがイタリアに行っているあいだに、仕事を終わらせるように指示したのね？」

「もちろんさ」ライは平然と答えた。「そうすれば、作業できみに迷惑をかける心配もない」

「わたしが家にいなければ文句を言われる心配もない、ということね」

「そのとおり。面倒は避けたかったからな」

サニーは奥歯を噛み締めた。「請求書を送ってちょうだい」

「いや、きみに修理代を請求するつもりはない。きみはぼくに無料で絵をくれた。納屋の屋根の修理はそれに対するお礼さ」

「あの絵はプレゼントよ。それに、あなたは猫の爪研ぎを送ってくれたわ」

「あれを送ったのは、リビングに丸太は置かないほうがいいと思ったからだ。きみはぼくの家族なんだ、サニー。きみは納屋を修理したがっていたから、ぼくがそれを何とかした。それだけの話だ。マフィーが湿気のない暖かな環境で暮らしているとわかれば、ぼくもぐっすり眠れるというわけさ」

「ライ、あなたの厚意は受け取れないわ」

「この話はまた別の機会にしないか？　ぼくはいま会議の真っ最中なんだが」

「ええ、そうね」彼女は堅苦しい口調で言い、通話を切った。

ライの手口はどこまでも巧妙だった。サニーは腹立ちのあまり、叫び出したくなった。しかし、そのいっぽうで、納屋の問題が解決したことに安堵(あんど)していた。これで修理費の返済に追われる心配もなくなった。業者に見積もりを頼むこと自体にストレスを感じていたのだ。ライはわたしとマフィーのために、力を尽くしてくれたんだわ。その事実は認めざるを得なかった。

サニーは馬房のマフィーの写真を添付して、彼にメールを送った。

〈いろいろありがとう〉

その週の日曜日、サニーが教会での礼拝を終え、託児所にパンジーを迎えに行くと、ジャックとでくわした。一瞬、気まずい空気が漂ったが、やがてジャックはパンジーに微笑（ほほえ）みかけた。「この子は誰の子なんだい？」

「姉の娘よ。クリスタベルとイーサンが事故で亡くなったから、わたしが養子として引き取ったの」

「お姉さんの件は気の毒だが……この子を引き取ったのはすばらしいことだな」

サニーはジャックを――十代の彼女の心を打ち砕いた男性を見た。彼は長身で肩幅が広かった。髪はブロンドで瞳はブルー。年齢を重ねても容姿は衰えていない。だが、いまのジャックを目にしても、彼女の胸はときめかなかった。ライに比べれば魅力が乏しかったからだ。

ともあれ、彼女はジャックに同情していた。妻は彼のいとこと何年も前から関係を重ねている。人気のない場所に止めた車の中で抱き合う二人を目にした者は、決して少なくないのだ。ジャックは妻と慌ただしく結婚し、つぎつぎに子供を作った。しかし、エリーはすでに夫に対する関心を失い、子供たちはジャックが育てる羽目になっていた。ジャックの人生が平穏を取り戻し、子供たちが心に傷を負わずに生きていくことができればいいのだが。

一カ月半後、サニーは医師の診察を受けた。

ここ数週間、吐き気、眩暈（めまい）、食欲不振が続き、具合がよくなかった。何かのウイルスに感染したのだろう。健康を取り戻すには薬が必要かもしれない、と考えていたのだ。

「おめでただね」スミス医師は静かに言った。

サニーはショックを受けた。とても信じられなかった。「でも、十七のときに、妊娠できない体だと言われたんです。自分は一生子供が産めない、とずっと信じていたんです」

「診断を下した医師を非難するのは、筋違いだと思うが」

「別に非難するつもりはありません。ただ、そのときに母に言われたんです。あなたは一生子供が産めない、と」

「きみが虫垂破裂の手術を受けたのは、十二歳のときだ。手術を担当したのは優秀な医師だったし、きみも若く健康だったから、損傷を受けた生殖器官が回復したのだろう。その結果、いまきみは……」

「ええ」歓喜と恐怖のはざまで、サニーは途方に暮れた。不可能だと思っていたことが、実は可能だったのだ。天地がひっくり返るような衝撃だった。

ライにどう説明すればいいの？　避妊の必要はない、とわたしは請け合った。でも、それは間違いだった。わたしは妊娠してしまった。ライが喜んでくれるとはとても思えない。おそらく彼は仰天するだろう。彼に事実を打ち明けるところを想像するだけで、胸が重くなった。

6

アシュトン・ホールの私道を走る豪華なリムジンの車内で、サニーはぎこちなく座り直した。どうしてライのスタッフは、パスポートを持ってくるように指示したのだろう？　彼女とライがイギリスを離れる予定はなかったはずだ。

ランチで満腹になっていたパンジーは、家を出る前からすでにうとうとしていた。マリアはスマートフォンでゲームに興じている。リムジンがサニーたちを迎えに来たときには、車内にはすでにマリアがいた。パンジーのことを考えると、同じナニーを使いつづけたほうがいい、とライは判断したのだろう。

彼の心遣いにサニーは感銘を受けた。ライとクルーザーで顔を合わせたのは、一カ月半前のことだった。それ以来、直接会って話をしていない。

でも、そんなことはどうでもいい。わたしと彼は性格が違うし、意見も対立している。けれど、それだって大した問題じゃない。あれから一カ月半が過ぎた。ライは愛人たちとよろしくやっているでしょうし、わたしはパンジーとお腹の子供のために生きている。わたしと彼のあいだに接点はないわ。ライフスタイルがまるで違う。けれど……赤ちゃんができてしまった。わたしはライの子供を妊娠した。でも彼は、子供ができるとは夢にも思っていなかった。恥ずかしさと後ろめたさが押し寄せてくる。ライはわたしの子供なんて欲しくなかったはずよ。

リムジンは緑豊かな私道を曲がり、歴史を感じさせる邸宅の前で止まった。

「凄いお屋敷だわ！」マリアが賛嘆の声をあげる。

「ミスター・ベランガーの仕事って最高！」

サニーはあたりに視線を走らせた。高級車が何台も並び、ヘリコプターが芝生で翼を休めている。ライは多忙な人生を送っているようだ。そういえば、二週間前も彼女の家への来訪をキャンセルしていた。仕事のためにあちこち飛びまわる。それが彼が選んだ生き方なのだ。彼はお金のためだけに働いているわけではない。何しろ、人生をあと十回繰り返しても使い切れないほどの財産を抱えているのだから。科学と開発の分野で新しい課題に挑み、ライバルたちの一歩先を行くこと。優れた知性を生かし、ビジネスを拡大して利益を生み出すこと。それが彼の望みなのだ。そんな生き方をするように子供のころに教育されたのだろう。ライは緊張を解き、足を止め、人生そのものを楽しむことを知らない。そんな彼が哀れに思えてしまうのはなぜだろう？　輝かしい成功を手にした男性をそんな目で見るのは、ばかげたことではないだろうか？

何もかもがイタリアに着いたときと同じだった。屋敷の使用人たちが不安の表情で待機するなか、ライが大股で姿を現す。一瞬、サニーの心臓は止まり、それから危険なほど激しい鼓動が始まった。ああ、このひとは美しいわ。信じられないほど背が高く、たくましく、目も眩むほど洗練されている。フォーマルな黒のビジネススーツが、黒い髪と瞳の魅力をさらに強調していた。

ライは他人をよせつけない雰囲気を身にまとっていた。しかし、パンジーはまったく気圧されることなく、歓声をあげて伯父に駆け寄った。両腕を伸ばし、脚に抱きつく。その瞬間にすべてが変わった。ライが姪に歓迎の笑みを向けたのだ。パンジーの興奮ぶりを好ましく思ったのだろう。だが、ライはまだ理解していなかった。パンジーの世界には彼以外に男性がいないことを。姪にとって彼が特別な存在だということを。ライは姪を抱え上げた。

「ロー、アンク」パンジーがたどたどしい口調で言う。〝こんにちは(ハロー)、伯父さん(アンクル)〟という意味だった。小さな手を伸ばし、ライの鼻に触れる。「おはな……おめめ……」覚えたての言葉を披露したくて仕方がないのだろう。やがて、指先が唇で止まった。言葉が思い出せないようだった。

「ハロー、パンジー」ライは明るい表情で応えた。「それはお口だよ……お口」聞き取りやすい発音で繰り返す。

サニーは体が内側から溶けそうな感覚に襲われた。ライは姪とコミュニケーションを取ろうとしているのだ。彼は自分の子供にも上手(うま)く対応できるタイプだ。そう考えたとたん、彼女の胸は痛くなった。いいえ、それはありえない。彼はわたしたちの子供には決して優しく接しないはずよ。ライにとってわたしのお腹の子は予期せぬ存在……単なる過ちでしかないのだから。

パンジーが自由を求めて体をくねらせると、ライはすぐさま地面に下ろした。彼は大理石張りの玄関ホールを歩きだした。サニーではなく、チェス盤のような白黒二色の床に意識を集中させる。彼女の官能的な曲線美は、ゆったりとした紫色のワンピースで覆われていた。だが、ライは気にしなかった。邪魔な布地の下に何が隠されているのか、すべて知っているからだった。それを鑑賞するのも、楽しむのも、ぼくだけに許された特権だ。ぼくの恋人は、ぼくだけにすべてをさらけ出すべきなんだ。

サニーは微笑(ほほえ)んでいる。彼女が微笑むと、美しい顔が輝きを放つ。金色の髪も日射(ひざ)しにきらめいている。彼女と過ごす週末を考えるだけで心が浮き立つ。サニーのすべてが……ぼくのものになるんだ。ライの下腹部は岩のように硬くなった。十代に戻ったような気分だった。

「サニー、最後にきみと会ってから、もう何年もたっているような気がする。だが、また待たせることになりそうだ。会議が終わっていないんだ。出席者の一人が遅れて、予定が後ろにずれ込んでいる」

「気にしないで」サニーが急いで応えると、ライは彼女の手を握った。気絶しそうだわ、とサニーは心の中でつぶやいた。前回の別れ方がひどかっただけに、ここまで歓迎されるとは思ってもいなかった。ライはあのときのことを根に持っていないようだ。ほっとすると、彼と目が合った。心臓が口から飛び出しそうになった。黒くセクシーな瞳。それを見たとたん、ライが彼女の中に体を沈めたときのことを思い出した。あのときサニーは、息をのむような快楽を味わったのだ。

「屋敷と庭を見てまわれるよう手配しておいた。夕食はいっしょに食べよう」彼は手を振り、年配の男性を呼び寄せた。「スチュアートだ。アシュトン・ホールの管理をまかせている」

「そこまで気を使わなくてもいいのよ……あなたは忙しいみたいだし」

「いまいちばん大切なのはきみなんだ」ライは欲望に満ちた目で彼女を見下ろした。

サニーは仰天し、言葉を失った。本気で言っているの？　わたしをもう一度ベッドに誘い込める、と信じているとか？　それとも、単なるわたしの考えすぎ？　彼の言葉を深読みしすぎている？　ライは話を穏便にすませ、クルーザーの一夜を過去の出来事として葬り去ろうとしている？　もしかすると、愛想よく振る舞って、わたしをリラックスさせようとしているだけ？

ライの気持ちを読むのは難しかった。彼は並みの人間とは違う。彼女と同じものを目にしても、同じ結論にたどり着くとは限らない。優秀な頭脳をフル回転させて、自分にとって都合のいい解釈をひねり出す可能性もある。それを考えるとたまらなく不安だった。これ以上彼と言い争いたくなかった。

でも、軋轢を避けることはできないわ、とサニーは自分に言い聞かせた。妊娠したことは、この週末のうちに話さなくてはならない。ライには誰よりも先に事実を知る権利がある。その権利を否定することはできないし、事実を隠すべきでもない。彼に対してはフェアでありたかった。ライもそういう接し方を好むはずだ。

スチュアートの先導でサニーたちは優雅な階段を上り、たくさんの寝室や広間を見てまわった。会議のために集まったひとびとはいずれ姿を消し、週末は彼女とパンジーだけが残るはずだ。パンジーとマリアは新品のおもちゃでいっぱいの子供部屋に連れていかれ、サニーはすでにスーツケースが運び込まれた広い寝室に案内された。とりあえず荷解きはせずに、パンジーとともにスチュアートのあとに付いて見学を続けた。階段を下り、舞踏室や図書室を鑑賞し、それから外に出る。

緑豊かな芝生が、ゆるやかな起伏を描きながら遠くのフェンスまで続いていた。フェンスの向こうは森で、鹿たちが草を食んでいる。穏やかで美しい光景だった。彼女は庭園まで行くと、もと来た道を引き返したい、とスチュアートに告げた。もっと近い距離から、パンジーに鹿を見せてやりたかったのだ。

スチュアートは要望に応じてくれた。しかし、静かで穏やかな雰囲気は長く続かなかった。パンジーが興奮の声をあげたせいだった。鹿たちは逃げ出し、あっというまに姿を消した。だが、走り去る鹿たちを見て、パンジーは喜んでいるようだった。庭園に戻ったあとは、自由に走りまわる姪を尻目に、サニーは絵の素材に使えそうな花の写真を撮った。

屋敷に帰ると、お子さまのおやつを子供部屋に用意しますが、とスチュアートが言ってくれた。サニーは提案を受け入れた。そろそろパンジーをお風呂に入れ、パジャマに着替えさせ、寝かしつける時刻だった。姪が眠りに落ちると、サニーはディナーのために着替えることにした。寝室に入ると、ワードローブの外側に吊るされたガーメントバッグが目に入った。バッグにはライの書いたメモが添えられていた。〈このドレスを着てほしい〉

サニーは眉間にしわを寄せ、バッグの中身を取り出した。伸縮性のあるブルーのロングドレスだった。ライはいったい何を考えているの？　わたしのためにドレスを買った、ということ？　これを着なかったら、やっぱり彼は機嫌を悪くする？　そもそもお腹が大きくなりはじめているのに、こんな服が着られるの？　そのときサニーは、ひとを動かすのは厳しさよりも優しさだ、という母の言葉を思い出した。

シャワーを浴び、いつものように申し訳程度のメイクを施し、ドレスを身にまとう。ドレスは思っていたより体にぴったりと張りつき、彼女を困惑させた。いまのうちにこの体型を楽しんでみるのも悪くないはずよ、と無理に自分に言い聞かせる。もうすぐお腹が大きくなってしまうんだもの。これを身につけたわたしを見て、ライはどう思うかしら？　いいえ、そんなことを考えても意味はない。わたしたちは一夜限りの関係を分かち合っただけなんだから。だが、いくら自分にそう言い聞かせても、緊張と不安は拭えなかった。

スチュアートがドアをノックし、階下でライが待っていると告げた。

胸が高鳴るのを感じながら、サニーは彼の待つ玄関ホールに向かった。仕立てのいいダークスーツに身を固めたライは、目も眩むほど魅力的だった。肩の広さと脚の長さがいやというほど強調されている。

「予定より少し遅くなったが、フライトにはうってつけの夜だな」

「フライト？」彼女は驚きの声をあげた。

「今夜のディナーには、ちょっとしたサプライズを用意しているんだ」ライは彼女を連れて玄関前の短い階段を下り、屋敷の脇のヘリコプターに近づいた。

「でも、パンジーが――」

「ぼくたちが明日の朝に戻ることは、マリアも知っている。何かあれば、彼女はすぐに連絡してくる。準備は何もかもすませてあるんだ」

これ以上何を言っても無駄のようだ。サニーは大人しくすることにした。ドレスのスカートの裾を持ち上げ、危なっかしい足取りでヘリコプターに乗り込む。すると、ライが両手で彼女の腰をつかみ、機内に導いた。サニーはうろたえながら座席に腰を下ろし、渡されたヘッドフォンを装着した。どうしてディナーに、ちょっとしたサプライズを用意しなくてはならないの？　そもそも、それは何なの？　彼女の表情が険しくなった。

「あなたはわたしがいままで会ったなかで、いちばん腹の立つ男性だわ」ヘリコプターが飛び立つ前に、彼女はライに言った。

ライは無言で微笑んだ。サニーには楽しんでもらいたかった。この一カ月半、ライは姪のようすを確かめるためと称して、何度もサニーに電話をした。ところがここ数週間、サニーはいつもの明るさを失い、元気をなくしているような印象を受けた。それが彼を悩ませていた。サニーを少しばかり楽しい気分にさせてやりたかった。自分がこの世でもっともくそ真面目な男であり、楽しみとはほとんど縁のない男であることはわかっていた。それでも、彼女を驚かせ、喜ばせることはできるはずだ、と信じていたのだ。

「パリ？」光あふれる街路を走るリムジンが加速すると、サニーは驚きの表情で尋ねた。「ディナーのためだけに？」

「そのとおり。ぼくの経営するホテルに向かっている」

「わたしはシンデレラじゃないのよ」

「ぼくだって魔法使いのお婆さんじゃない。プリンス・チャーミングでもない」

二人を待っていたのは、クリスタルのシャンデリアがきらめき、窓が明るく輝く豪華なホテルだった。ライは彼女を連れて中に入り、フォーマルな衣服やジュエリーを身につけた華やかな集団のかたわらを抜け、エレベーターに乗り込んだ。ドアが閉まると、サニーは恐怖に襲われた。周囲の視線が自分に集中しているような気がしたからだった。

「どうしてみんなわたしを見るの？　何かおかしいところでもあるの？」

「いや、何もおかしいところはない。これはぼくの配慮が不足していたな」ライはいらだちの表情で言った。「ぼくがスタッフ以外の女性と人前に出たのは、今回が初めてなんだ。きみはどう見てもスタッフじゃないから、みんな好奇心を刺激されたんだろう」

理由はもうひとつある、とライは思った。彼女のドレスだ。これはいまいちばん注目されているデザイナーの新作だ。新聞の記事でたまたまこのドレスを目にして、サニーにぴったりだと思ったんだ。体に密着するデザインだから、彼女の体の線がいっそう美しく見える。

サニーはエレベーターの鏡に映る自分たちの姿を凝視した。奇妙なカップルだった。ライはずば抜けて背が高いが、サニーは頭がかろうじて彼の胸に届くくらいだ。ライの角張った顎や形のいい唇を目にするだけで、彼女の脈拍は速まり、息は苦しくなり、熱く官能的な興奮が腰に広がる。

「わたしも驚いたわ、二人で人前に姿を現すだなんて」サニーがあえぐように言うと、ライは彼女を連れてエレベーターを降りた。二人は廊下を抜け、贅を尽くした広い部屋に足を踏み入れた。

「いまの時代、きみを隠すより世間に見せつけるほうが賢明だと思うんだ。無理に隠そうとしても、憶測や疑いを招くだけだ。過去の経験を通じて、ぼくはそれを学んだのさ」

「ここはどういう場所なの？」彼がウエイターの待機するバルコニーのテーブルに導くと、サニーは尋ねた。

「ここはホテルの最上階で、ぼくのペントハウスなんだ」

「景色がとてもきれいね」サニーは手すりの前に立ち、眼下の川を下る船に目をやった。船上の観光客はパリの夜景を楽しんだり、フラッシュを焚いてカメラのシャッターを切ったりしていた。

ライは手すりに置かれた彼女の手に、自分の手を重ねた。「気に入ってくれると思っていたよ」

サニーは背後のライのぬくもりを強烈に意識しながら、声をあげて笑った。できるものなら体を後ろにもたせかけ、背中を彼に密着させたかった。「気に入ったわ。でも、あなたはいままで何度ここに来たの？　仕事があれだけ忙しいんじゃ、景色を楽しむ余裕なんてないはずよ」

ライはにやりと笑い、彼女の髪から立ち上るココナッツの香りを楽しんだ。「だからこそ、きみをここに連れてきたのさ。きみがいれば、ぼくは仕事に出かけたりしない。いままで気がつかなかったものを、自分の目で確かめることができるんだ」

ライのぬくもりが危険な薬物のように体に染み込む。この数週間、断ち切ろうとしてきた体内の情熱の経路が光を放つ。あの夜、ライは貪欲に快楽に身をまかせていた。だが、快楽とは機会に恵まれたときに味わう贅沢であるべきだ。繰り返し求めるのは、自分自身を滅ぼす行為だ。しかも、サニーはいま妊娠しているのだ。

ウエイターがシャンパンの栓を抜くと、サニーは慌てて嘘をついた。「いまピルを使っているから、アルコールはだめなの。せっかくのディナーをだいなしにしたくないけど、今日は飲めないわ」

「別に構わないさ」ライは手を振り、シャンパンを下げさせると、彼女を促してテーブルに座り、食事を始めた。

「ごめんなさい」サニーは水を飲みながら謝った。妊娠を隠すために嘘をついたことが恥ずかしかった。いずれライもわかってくれるはずよ。でも、今夜はセーヌ川を見下ろすバルコニーでのディナー。何か特別な話があるんだわ。

「謝る必要はない。ぼくも酒はあまり飲まないんだ。父親は大酒飲みだった。アルコール依存症だったのかもしれないな。酔うと暴力を振るって、ぼくや母をひどい目に遭わせていた。ぼくも父の遺伝子を受け継いでいる可能性があるから、そのあたりは気をつけているんだ」

二人が前菜を楽しむと、メインディッシュが運ばれてきた。これは何かのお祝いなの？　サニーは困惑した。台本の重要な台詞を読み落とした役者のような気分だった。何かが上手く噛み合っていない。フルーツジュースを飲み、ステーキの味に何とか気持ちを集中させようとする。やがてデザートが出たが、食欲はわかなかった。

「こっちに来るんだ」

サニーは目を大きく見開き、弱々しい口調で言った。「ど、どうして……？」

ライは彼女の豊かな胸に、そしてピンクの唇に視線を向けた。「きみを抱きしめたいんだ。当然だろう？」

当然？　いつからそれが当然の話になったの？

ライはウエイターを退出させると、サニーに向かって腕を伸ばした。彼の手は力強かった。ライは彼女を椅子から抱え上げ、膝の上にのせた。「このほうがいいな。さあ、花火を見よう」

花火って何なの？　彼女が尋ねようとしたとき、花火が上がり、夜空に鮮やかな色彩を広げた。息をのむような美しさだった。「とってもきれい……パステルカラーの花火もあるのね。パンジーはああいう色が大好きなのよ」

「つぎはあの子も呼ぼう」

サニーは彼の腕の中でリラックスした。何も言わずにライに抱かれている自分が信じられなかった。彼の感触は心地よかった。守られている、という安心感があった。「花火があることを知っていたのね」

「きみのために用意させたんだ」ライが訂正する。

サニーはライの膝の上で体をひねり、彼の顔を見た。「どうしてそんなことを？」

「そうしたかったからさ……思ったよりもきみは血の巡りがよくないんだな」彼はゆっくりと言い、サニーのうなじに唇を押し当てた。小さな震えが彼女の全身を駆け抜ける。「いま初めて気がついたよ」

「あなたは何を言っているの？」サニーはささやくように言った。

ライは深く息を吐き出し、彼女を床に下ろした。「今夜のためにこれだけの準備をしたんだ。それに……きみはまだぼくのメッセージに気づいていないのか？」信じられない、という顔で彼は言った。

「メッセージ？」サニーは彼の黒い瞳を茫然と見返した。

「いまのぼくは、きみ以外の女性と関係を持っていない。きみと付き合う条件については、すでに話し合ったはずだ……だから、ぼくたちはいま条件に同意し、署名を交わし、契約書の内容を実行に移そうとしているのさ」

サニーは衝撃を受けた。その場に棒立ちになり、紫色の瞳でライを見つめる。ようやく状況がのみ込めてきた。「あのときわたしが言ったのは、そんな条件では恋愛は成立しない、ということよ」

ライはうめき声をもらした。「以前も話したが、ぼくは恋愛をしたことがないんだ。きみとぼくの関係は……これは契約なんだ。愛人たちとの関係を清算するのに、思った以上に時間がかかってしまった。とにかく、きみと会ってから、愛人たちとは一度も顔を合わせていない。つまり、きみはぼくのただ一人の女性なんだ。わかるだろう？」彼は問いかけるように黒い眉を上げた。

「それはわかるけど」驚愕のあまりそれ以上言葉が出てこなかった。いまにもその場にへたり込んでしまいそうだった。こんな状況に追い込まれるとは、思ってもいなかった。「信じられないわ。わたしのために、そこまでしてくれるなんて」

「ぼくはきみが欲しいんだ。欲しいものを手に入れるためなら、ぼくはどんなことでもやる」

「そのようね」彼女は震える声で言った。「でも、こんなことになるだなんて考えてもいなかった。わたしが同意したのは一夜限りの関係よ。こういうことじゃないわ！」

「だが、ぼくがぼくなりの憶測にもとづいて話を進めたとしても、それは仕方のないことじゃないのか？」

「あきれた話だわ！」サニーは言い返した。驚きと不信で息が詰まった。彼女はライと距離を取ろうとしてきた。壁を築こうとしてきたのだ。それなのに、ライはその壁を簡単に乗り越えてしまった。彼はサニーのために愛人たちとの関係を断ったのだ。

しかし、それが未来の保証になるだろうか？　いつかライは彼女に飽きるだろう。飽きるに決まっている。そのとき、パンジーの人生は悲惨なものになるだろう。もしライがサニーへの興味を失えば、彼女だけでなくパンジーも嫌いはじめるだろう。

「わたしたちが別れた場合はどうなるの？ パンジーに悪い影響が及ぶんじゃないの？」

「きみは楽観主義者のくせに、最悪のシナリオばかり考えているのか？ ぼくたちは大人だ。たとえ別れても、まっとうな関係を維持すれば、あの子の暮らしに大きな影響を与えずにすむはずだ」

サニーは深く、ゆっくりと息を吸い込み、気持ちを静めようとした。

「これはゲームじゃないんだ、サニー。ぼくだってきみとの関係をゲームだと思っているわけじゃない。きみは自分が何を望んでいるのかを、いつも正直に話してくれた。ぼくはきみのそういうところが好きなんだ。だからぼくも、きみの望みに応えるつもりだ。たしかにぼくだって間違いは犯す。失敗は嫌いだが、人間とは失敗する生き物だ。それでも、ぼくは完璧なものが好きだ。だから、今夜は完璧な夜にしたかったんだ」

わたしの正直なところが好きだ、と彼は言ってくれた。でも、わたしが持ち前の正直さを発揮したら、今夜は最低の夜になる。妊娠していると明かせば、その瞬間にすべてはこなごなに砕ける。わたしにとって妊娠は奇跡だけれど、ライはそう思ってくれないだろう。むしろ、裏切りと考えるはず。あの夜わたしは、妊娠の心配はない、と断言してしまった。あの時点では、妊娠の可能性はないと信じていたからだ。

サニーの心は真っ二つに引き裂かれた。だめよ、いまは話せない。ライは微笑んでいる。彼はわたしのために愛人たちと別れてくれた。わたしのために豪華な花火を打ち上げてくれた。そこまでしてくれたひとに、そんなひどい仕打ちができる？ ライはお腹の赤ちゃんを宝物だとは思ってくれない。彼の人生観は普通の人間とは違うのだ。

「完璧な夜をさらに完璧にするべきだ」ライがそう言った。

言って立ち上がると、彼女の心臓は跳ね上がった。

彼はサニーをかるがると抱え上げ、バルコニーから屋内に向かった。彼女は驚きにあえいだが、ライはそんなことなど気にするようすもなく、両開きの扉を抜け、豪華な寝室に足を踏み入れた。天蓋から白いドレープの垂れ下がる巨大なベッドが見えた。窓の外には色鮮やかな花火が見える。妊娠の件は朝が来たら――状況が落ち着いて、ライが寛大な気分になったら話そう、とサニーは思った。

「この瞬間をずっと夢見ていたんだ」ライは床にひざまずき、彼女の靴を脱がせた。

「まだドレスのお礼を言っていなかったわね」サニーは急に弱気になった。ライの目の前で裸身をさらすのだ。彼はわたしの体型が変わっていることに気づく？　胸のふくらみは大きくなったし、お腹も少し丸みを帯びている。

「このドレスの写真を見た瞬間に思ったんだ。これはきみのドレスだ、と」ライはジャケットを脱ぎ捨て、ネクタイを外した。

サニーはショックから立ち直っていないようだな、と彼は心の中でつぶやいた。ほっとしたり、満足したりすると思っていたんだが。この数週間、ライは彼女のために禁欲の日々を送ってきた。いかなる犠牲を払ってでもサニーを手に入れる、という目標に集中してきたのだ。彼女にはそれだけの価値がある。

彼女が望んでいるのはぼくと二人きりになることだ、とライは思った。どこかに連れ出されて、他人の視線にさらされることなど求めていない。サニーは世間の注目を浴びたいとも、金を手に入れたいとも思っていない。彼女が欲しがっているのはぼくだ。だからこそサニーは、ぼくにとって何よりも大切な存在なんだ。

7

サニーの目の前でライはシャツを脱ぎ、ブロンズ色のたくましい上半身をさらけ出した。鍛え抜かれた肉体だった。この体をスケッチしてみたい、と彼女は思った。筋肉の凹凸を木炭の濃淡で描き出したかった。高い頬骨、漆黒の瞳、官能的な唇……彼は美しかった。その彼がわたしを求めている。このわたしを。サニーは驚きに打たれた。

わたしのためにここまで犠牲を払ってくれたひとは、いままで一人もいなかった……いいえ、母さんだけは別ね。サニーの母親は娘を守るために中絶を拒んだのだ。父親は子供を望んでいなかった。クリスタベルのために使う資金が減ることを恐れていたからだ。だが、このとき母は、結婚生活が行き詰まっていることを思い知った。夫はクリスタベルのためにすべてを捧げていたのだ。

そして、ジャック。子供を産んでくれる女性を見つけたいから、と言って彼はわたしに背を向けた。彼の奥さんはすんなり妊娠したらしいけど、子供ができなかったら、どんな対応を取っていたの？　ライは、子供ができないという理由でわたしを見下したりはしなかった。でもそれは、彼が子供を欲しがっていなかったからだ。そんな彼に妊娠の事実を明かしたら、どんな反応が返ってくるの？　サニーは垂れこめる恐怖を必死で振り払い、いまこの瞬間に気持ちを集中させようとした。

ライはズボンを脱ぎ捨て、ベッドに近づいた。ファスナーを引き下ろし、彼女のドレスを取り去る。サニーが枕に頭をのせると、髪を撫でた。まろやかな胸の曲線は、青いレースの下着に包まれていた。

「これを脱がせるのは、罪深いことのような気がするな」ライはブラジャーのホックを外した。「きみはきれいだ……体が輝いている」

サニーはひそかに微笑んだ。輝いて見えるのだとしたら、妊娠しているせいかもしれない。ブラジャーが取り去られると、急に恥ずかしくなった。滑らかなシーツの下に体を滑り込ませる。

「つまらないまねはやめるんだ」ライは楽しげに言うと、いっぽうの手を彼女の頬にあてがい、荒々しく唇を奪った。シーツを引き剥がし、ヒップからシルクの下着に包まれた下腹部へと指を走らせる。

ライの指先がもっとも敏感な場所に触れると、サニーは震えた。全身が炎に包まれ、彼女は両腕でライを抱き寄せた。

「いつもお上品なきみが、理性を失うところを見るのが好きなんだ」

「わたしは別にお上品じゃないわ」

「お上品なのが悪いわけじゃない。ぼくの望みは、きみがきみらしく振る舞うことさ」

「わたしは、わたしらしく振る舞うことしかできないのよ」

サニーがライのセクシーな瞳を見上げると、彼は彼女の両膝を抱え上げ、最後に残った下着を取り去った。そして、太腿のあいだに頭を割り込ませる。

ライは舌の先端でサニーの合わせ目をなぞると、彼女を貪った。サニーがあえぎ、大きく背中をそらせる。ライは腰をしっかりと押さえつけ、いままで味わったことのない悦楽を彼女に味わわせた。やがて指が弧を描き、快楽の蕾をもてあそんだ。それから、サニーの奥深くに沈み込んだ。彼女はうめき、叫び、狂乱の真っ只中で頂点を極めた。

「あっというまだな」

「あなたが上手すぎるのよ」

「きみ以外にはこんなことはしない。最後にこれをしたのは十四歳のときだ。相手は、最初の手ほどきをしてくれた年上の女性だった」

彼女は顔をしかめた。「早すぎるわ」

「ぼくはたいていのことを若すぎる年齢で経験したんだ。大学には年上の学生しかいなかったからな。ガリ勉の天才児はベッドではどんなふうなのか、と考えていた女子大生はいたし、ぼくも好奇心に満ちていたんだ」

「だとしても、それはまずい話よ」

「ぼくは孤独な少年だったんだ。どんなかたちでもいいから、ひとと関わりを持ちたかったのさ」

「そういう話、聞いていてつらくなるわ」サニーは自分からキスをした。ライはくちづけに応え、唇の隙間から差し入れた舌をくねらせた。欲望が彼女の全身を包み込む。

ライは彼女に覆いかぶさった。サニーの両脚を持ち上げ、秘密の部分に入り込む。二人がひとつになると、彼女は快楽にうめき、ライをしっかりと包み込んだ。ライが動きはじめる。サニーは胸を高鳴らせ、腰を浮かせ、自分から彼を迎え入れた。激しい興奮が炎となって燃え上がった。ライはリズミカルに突進を繰り返しながら、テンポと角度に変化を加え、彼女を狂乱に追い込んだ。サニーの体の中で圧力が高まる。だが、悦楽の急坂を駆け上がる途中で、ライが彼女の体を裏返した。両膝を突かせ、背後から猛烈な勢いで体をぶつけはじめる。サニーはすぐに頂点に達した。ヘッドボードの詰め物に顔を押し当て、声を押し殺す。心臓が早鐘のように鳴り、息が止まりかける。やがてライも絶頂のうめき声をあげ、体を離した。

「大丈夫か？」彼はぐったりとしたサニーを横たわらせ、上からシーツをかけた。「ぼくはこのくらいじゃ満足できないが、きみは疲れているようだな。少し眠るといい」

〝疲れている〟ですって？　糸を切られた操り人形みたいな気分よ。体には力が入らず、頭は思うように働かない。やっぱり、まだ妊娠の話をするタイミングじゃない。

「何を考えているの？」

ライは額にしわを刻んだ。「花火は思っていたほどじゃなかったな。ほんとうはドローンの編隊を飛ばしたかったんだが、街の真ん中で飛ばすとなると、許可を取るのがなかなか大変で……」

何気なく質問したら、とんでもない答えが返ってきたわね、とサニーは心の中で苦笑いをした。「すてきな花火だったわよ」

「風呂の用意をしておこう」ライは勢いよくベッドを出ると、大股でドアの向こうに姿を消した。

まず水の流れる音が、それから電話に向かって話す彼の声が聞こえた。流暢なフランス語だった。

しばらくすると、ライは引き締まった腰にタオルを巻いて戻ってきた。

「もう少しで準備が終わる」彼の声が響き、眠りかけていたサニーは目を覚ました。

ライは彼女を抱え上げ、ベッドからバスルームまで運んだ。床より低いバスタブのまわりには、キャンドルの炎の揺らめく金色の燭台がずらりと並び、湯の表面は薔薇の花びらで覆われている。まるで映画のワンシーンだ。彼女は息をのんだ。ライは彼女を床に下ろし、バスタブへと続く短い下り階段に導いた。

「こういう演出が好きなんだろう？」彼は押し殺した声で尋ねた。

「ええ……大好きよ」サニーは答え、熱いお湯に体を浸した。

「少し時間がかかってしまって申し訳ない。キャンドルとか燭台とか、いろいろ揃えるのが大変だったんだ」ライは不満げな顔で言った。

「でも、時間をかけただけのことはあるわ。ありがとう」サニーは心を打たれた。ライは彼女のために、ここまで手間暇をかけてくれたのだ。

ライが微笑むと、胸が苦しくなった。サニーは彼に恋をしていた。ライのそばにいるだけで、感情がコントロールできなくなる。彼はサニーの理想の男性だった。しかし、こんな男性に出会えるとは、思ってもいなかったのだ。ライはハリケーンのような強烈な行動力の持ち主だ。気が短く、怒りっぽい性格だ。だが、そのいっぽうで、心優しい男性でもあった。

「あなたはすばらしいひとだわ」彼女はバスルームを出ようとするライに向かって言った。

ライは不意に足を止め、くるりと振り返ると、険しいまなざしを彼女に向けた。「感傷的な台詞はやめてくれ。ぼくはきみにも、きみ以外の女性にも、その手の感情を抱くことはできないんだ」

ライの言いたいことは理解できた。しかし、最高の夜を過ごしたあとだけに、彼の言葉を受け入れるのは難しかった。きれいな花火を見て、彼とベッドを分かち合い、最高のお風呂を用意してもらったあとなのに？　ライにとっては、これはありふれた夜なのだろう。明日の朝、妊娠を明かしたなら、二人の距離はさらに広がるのではないだろうか？

サニーはキャンドルをひとつずつ吹き消すと、バスローブを羽織り、寝室に戻った。ライはルームサービスのワゴンの前に腰を下ろし、テレビのビジネスニュースを見ていた。

「また食べているの？」〝その手の感情はない〟という彼の言葉をあえて持ち出さず、サニーは軽い口調で言った。気にする必要はないわ、と自分に言い聞かせる。花火を見せてもらったし、薔薇の花びらとキャンドルで飾られたお風呂にも入れてもらったんだから。

「きみといっしょにいると、腹が減るんだよ」ライは立ち上がり、腕を伸ばし、彼女を抱き上げた。そして、こんなことはいつもやっているんだ、と言わんばかりにサニーを膝にのせて座った。

「わたしのせいなの？」

「こんなことはいままで一度もなかった」ライはワゴンから料理を一皿取り、彼女に手渡した。「きみも食欲旺盛なタイプのようだな」

「びっくりした？」

「きみに関しては、もう何があっても驚かなくなったよ」

でも、明日の朝になったら、そんなことは言っていられなくなるはずよ。サニーは暗い気持ちになった。お腹の子供のことが頭に浮かぶ。何も言わず、黙っているのは間違っているような気がしてきた。こういう問題に関しては、適切なタイミングなどそもそも存在しないのだ。まさか彼女が妊娠していようとは、ライは思っていなかったはずだ。そしてそれは、彼の信頼を裏切ることでもある。事実を明かせば、彼の態度は一変するはずだ。だから、わたしは言い出すことができないんだわ、とサニーは思った。彼女は二人だけのこの幸福な世界に、もう少し身を置いていたかった。現実という名の針でこの風船が破裂してしまうまでは。

サニーが料理を食べ終えると、ライは彼女の膝にラッピングを施した包みを置いた。「ジュネーヴで買った。きみが気に入るだろうと思ったんだ」

「そんなことをする必要はないのに……」彼女は気詰まりな思いとともにつぶやき、ていねいに包みを開けた。中から現れたのは、革のカバーで覆われた書類挟みのようなものだった。開いたとたん、それが旅行用のスケッチブックであることに気づいた。片側には紙が、反対側には鉛筆が入っている。「何かも揃っているうえに、とてもコンパクトね。出かけるときはこれを持っていくことにするわ。ありがとう。でも、プレゼントはこれで最後にしてちょうだい」

ほどなく、サニーは寝入ってしまった。ライは彼女を抱き上げ、ベッドまで運んだ。ベッドに下ろしたとたん、サニーは目を覚ました。バスロープを脱がせようとすると、彼女は眠そうな顔で抗議したが、ライはそれを無視した。

「きみといるとリラックスできるな」

「いつも寝てばかりいるから？」

「違う。内容のないおしゃべりをしないからだ」

サニーは頭を枕にもたせかけて笑った。背中には彼のぬくもりが感じられる。ライは彼女を抱きしめたり、体を密着させたりしなかった。だが、すぐそばにいてくれた。それだけで充分だった。

サニーが目を覚ましたのは、背中に唇が触れたからだった。軽いキスは少しずつ下に移動していく。

「んん……」彼女はうめいた。「いま、何時なの？」

「夜明けだ。一日でいちばんすばらしい時間さ」

「あなたの言うとおりね」サニーは応え、あくびを抑えた。

ライが肩の滑らかなスロープに唇を這わせると、サニーは背後の彼の高ぶりに体を押しつけた。「あ……まずシャワーを浴びないと」

「その必要はない。きみはぼくの匂いがする。それがたまらないんだ」彼はうなるように言った。左右のてのひらでサニーの胸の頂を撫でると、ぬれた下腹部に向かって炎が走り抜けた。「きみが欲しい」

サニーがライの言葉を受け入れ、脚を左右に開くと、彼は荒々しく笑った。彼女の片脚を持ち上げ、優しく中に入る。サニーの唇から吐息がもれた。ライの動きは深く、ゆったりとしていた。突進が繰り出されるたびに体に興奮が広がる。心臓は高鳴り、喉からうめき声があがる。やがて二人は同時に頂点を迎えた。ライが最後の一撃を繰り出すと、サニーの体は悦楽の只中でガラスのように砕け散った。

「シャワー？　それとも風呂？」

「シャワーにするわ……でも、おかしなまねはしないでね」不意に彼女はこのあと自分が何をなすべきかを思い出した。ライと二人で過ごしたことを悔やんではいなかった。彼女はすばらしい思い出を手に入れたのだ。

「朝も早いうちにパンジーに会うのなら、〝おかしなまね〟をしている暇はないな」

たちまち現実がサニーの喉を締め上げた。急いでベッドを出ると、ローブを羽織り、猛スピードでバスルームに駆け込む。慌ただしくシャンプーで髪を洗いながら、朝食のテーブルで彼に言うべき台詞を頭の中でまとめた。ジーンズを穿（は）いたものの、ファスナーを上げるのが大変だった。それから色鮮やかなブラウスを身につけ、踵（かかと）の低い靴に足を突っ込む。

朝食は大広間に用意されていた。サニーは深呼吸をし、二人きりになると、静かな声で言った。「大切な話があるの。お願いだから、最後まで聞かずに結論を出すのはやめて。わたしをあなたを騙（だま）そうとしているわけでも、罠（わな）にはめようとしているわけでもない。話を途中で遮ったり、感情的になったりせずに、じっくり耳を傾けてほしいの。わたしたちが最優先すべきなのはパンジーよ。あの子のことを考えれば、わたしたちはいい関係を保たなければならない。怒鳴ったり、非難し合ったりすれば、あの子の記憶に刻まれるわ。だから、しばらくは何も言わずに話を聞いてほしいの」

ライは眉間にしわを寄せ、張り詰めた表情を見せた。サニーの感情は高ぶった。やはりライは目も眩（くら）むほどハンサムだ。彼女の頬は赤くなった。

「それは面白そうだな」

「わたしが話を終えたら、〝面白そうだ〟とか言っている余裕はなくなるわよ」サニーは厳しい表情で言った。「十二歳のとき、わたしは虫垂破裂で死にかけた。それから五年後、十七歳のとき、わたしは母に言われたわ――〝虫垂破裂の影響で、あなたは子供を産めない体になった〟と。少なくとも、担当のお医者さんは母にそう言ったらしいの。わたしは衝撃に打たれたわ。あまりにショックだったから、何もできずにそのまま流れに身をまかせてしまった。つぎの日にボーイフレンドのジャックに話したら、わたしは彼に捨てられたわ。ジャックは言っていたの――〝きみを愛しているが、ぼくは自分の子供が欲しいんだ。望みのものを与えてくれないのなら、もうきみは必要ない〟と」

「底の浅い男だな」ライが〝面白そうだ〟と言ったのは、ジョークで何でもなかった。しかし、彼女の話を聞いてまず心に焼きついたのは、かつてサニーに恋人がいた、という事実だった。血圧は爆発的に上昇した。信じたくなかった。サニーはためらうことなく、すべてをライにゆだねてくれた。たしかにパンジーには、彼に負けないほどの愛情を注いでいる。だが、それに文句を付けるつもりはない。ぼくを騙す？　罠？　彼女は何を言っているんだ？　いまさら不妊の話を詳しく語るのはなぜだ？　そんなことはぼくはとうに知っているぞ。

「一カ月半前、わたしとあなたはクルーザーでベッドをともにした。避妊はしなかった。妊娠の心配はないとあなたは考えていたし、わたしも大丈夫だと思っていた。ところが、体調が悪くて二週間前に病院で診察を受けたら、妊娠していると言われたわ」

サニーは椅子から立ち上がり、部屋の中を歩きだした。

「わたしは愕然(がくぜん)としたの。耳を疑ったわ。そんなはずはないと言ったら、お医者さんがカルテを見て説明してくれたの――虫垂破裂の治療に当たったのが優秀なお医者さんだったから、傷ついた体も結局は回復した。妊娠できないという説明がそもそも不適切で、〝不妊の可能性がある〟くらいに留めておくべきだった、と」

「サニー」ライはこわばった顔で言った。黒い瞳は彼女を凝視している。

「だめよ……まだ何も言わないで」サニーは警告するようにライを指さし、震える声で言った。「いまはわたしの話を聞いてちょうだい。昨日の夜、わたしはほんとうに驚いたわ。考えてもいなかったのよ、こんな場所に連れてこられるだなんて！」

両腕を広げ、まわりを示す。花火もキャンドルの炎の揺らめくバスルームも、この先決して忘れることはないだろう。

「昨日の夜のうちに、何もかも話すつもりでいた。でも、あなたが愛人たちと別れるだなんて予想外だったのよ。その話が出るまでは、これでパンジーの叔母としてあなたに向き合うことができる、と信じていたの。だから、昨日のうちに話さなかったことについては謝るわ。話す勇気が出てこなかったの。でも、いまは……」

サニーは金色の髪を揺らして彼に向き直った。

「わたしはお腹の子を産むつもりでいるわ。あなたに迷惑をかけるのは心苦しいけど、妊娠できてよかったと思っているの。とにかく、あなたにもわたしにも選択の余地はないわ。わたしたちは、不妊という間違った情報を信じ込んでいたのよ。中絶とか養子とかは、わたしはいっさい考えていない。わたしは充分な収入のある自立した女だから、あなたに援助してもらう必要もないし、あなたから何かを受け取るつもりもないわ」

「サニー」ライは我慢の限界に達し、彼女の話を遮った。

サニーは紫色の瞳で彼を見返し、警告した。「何も言わないで。わたしはあなたが知るべきことを話しているの。最後まで聞いてちょうだい。この子はあなたの人生を変えたりしない。あなたはこの子を認知する必要はないし、会いに来る必要もない。あくまでわたしの子供であって、あなたとは何の関係もないんだから。子供の父親のことは誰にも話さないつもりよ。どうしても話さざるを得なくなったら、見ず知らずの男性とあとで後悔するような一夜限りの関係を持った、と答えるつもりよ」

「〝あとで後悔する〟だって？」ライは噛みつくような口調で言った。

「そういう意味じゃないの。それ以上の質問を封じるために、そういうストーリーを使うという意味よ。わたしは後悔なんてしていないわ。するはずがないでしょう……」

緊張していたサニーの顔に穏やかな笑みが浮かんだ。彼を見つめる瞳には、謝罪するような光がたたえられている。

「あの夜はすばらしい夜だったわ。不満を口にする気なんて毛頭ないわ」

ライは唇を噛んだ。どうやら新しい契約を結ぶことになりそうだ。そのためには交渉を進め、妥協を図らねばならない。だが、妥協するのはぼくじゃない。ぼくは勝つことが好きだ。負けるのは大嫌いだ。しかし、サニーが相手だとまるで言葉が出てこない。子供……。彼女が何より欲しがっていたもの。ぼくが何より恐れていたもの。尊敬できない親を持つ男が親になるのは簡単なことじゃない。許せないのは父親が最低の男だったことでも、母親が弱い女だったことでもない。愛情のない環境で育てられたことだ。だが、サニーの子供は違う。この子は母親に温かく迎えられるはずだ。

ライは背筋を伸ばし、沈黙を破った。「きみが妊娠しても、ぼくたちの関係は変わらないはずだ」

サニーは足を前に踏み出し、驚いたような顔で彼を見た。「でも――」

「だめだ。ぼくはきみの話を黙って聞いていた。だから、今度はきみがぼくの話を聞く番だ」ライはぶっきらぼうに言い、腕をつかんで彼女を引き寄せた。「この件に関しては、とりあえずこれ以上話し合うことはない。だが、十日後にぼくのロンドンの家でイベントがある。そのとき、ぼくと二人でもてなし役を務めてほしいんだ」

「イベント……？」サニーは尋ねた。妊娠という衝撃的な知らせに心を奪われることもなく、彼がさっさとつぎの話題に移ったことが信じられなかった。

「ぼくが運営している、慈善団体の資金集めのイベントだ。ただ、名目はともかく実質はビジネスがらみの集まりなんだ。イベントの開催中、きみがぼくのそばにいてくれるとありがたい。ぼくたちはもうパートナーだから、その事実は世間に知ってもらうべきだろう。マタニティドレスはぼくが準備する。経費で落ちるから、心配しないでくれ」

ライの淡々とした態度に彼女はショックを受けた。彼はいかなる感情も表していない。彼女の懇願に従って、ライは何も言わずに話を聞いてくれたのだ。どうして文句が付けられるだろう？　妊娠の件に関して、ライは追加の説明を求めようとしなかった。ありがたいことだった。それなのに、どうして彼の気持ちが知りたくなるのだろう？　感情的にならずに話を聞いてほしい、と要求したのはサニーだというのに。

「朝食はあまり食べていないな」

「不安すぎて食欲がなかったのよ」

「ぼくがきみのプレッシャーになっているのか？」

ライの声は優しかった。

サニーは顔を赤らめた。「いいえ、そんなことはないわ。気持ちが高ぶっていたせいでしょうね」

「ぼくはどんな状況でも冷静な男だ。いままであらゆる危機を乗り切ってきたんだ」ライは軽い調子で言い、彼女を抱き寄せた。彼の言う〝危機〟とは、自分が父親になることなのだろうか、とサニーは訝った。

ライが腰を押しつけると、彼女はショックを受け、身を硬くした。二人の衣服を通して、彼の高ぶりが感じ取れたからだ。危機に追い込まれたせいで、かえって興奮してしまったのかもしれない、とうろたえながらサニーは思った。

「食事がもういいのなら、このあとは……？」

「貪欲なひとね」彼女は震える声で言った。

「きみだってそうさ」彼は身を屈め、貪るようなキスをした。その激しさに彼女の呼吸は止まりかけた。

「時間は……あるのかしら？」サニーは恥じらいながら、ささやくように尋ねた。

ライはサニーを抱え上げ、寝室に足を踏み入れると、慌てるようすもなく服を取り去った。「ジーンズは脱がせにくいな」不平を鳴らす。

「二度と穿かないわ」彼女は事態の急転に驚いていた。「ほんとうはスカートのほうが好きなの。いまはもうジーンズがきついし」

「何も言わなくていい」ライはもう一度熱いくちづけをし、彼女を黙らせた。興奮がサニーの全身を駆け巡る。ベッドの上で体を起こし、彼のスーツを乱暴に脱がせる。「ぼくが欲しいか？」

「欲しくてたまらないわ」彼女は思わず身を震わせた。

「ぼくもきみが欲しい」ライはためらうことなく言った。「きみが妊娠しても、ぼくたちの関係には何の変わりもないんだ」

なかば服を脱いだままの姿で、彼はサニーをベッドに押し倒した。荒々しい情熱で彼女を奪い、息をのむような絶頂に追いやる。安堵も恐怖もすべてが空の高みへと消え去り、サニーは百万の破片となって飛び散った。やがてライは体を離し、飛行場に行かなければ、とつぶやいた。

「マタニティドレスの話だけど……わたしはあなたの愛人になるつもりはないのよ」

「ぼくのとなりに立つのなら、他人に見下されないようなドレスを着るべきだ。薄っぺらな話だが、人間は外見で他人を判断するものだ。きみが軽蔑されるようなことは、許すわけにはいかないんだ」

「つまり、わたしではなくあなたのためのドレスだ、ということね」

「そのとおりだ。そもそもぼくは、部下以外の女性をともなって人前に出ることはほとんどない。きみはぼくといっしょにもてなし役を務めるのだから、きみを愛人だと誤解する人間はいないはずだ」

「重要な役割みたいだけど……でも、そこまでする価値があるの?」

ライは彼女に顔を向けた。サニーはジーンズのファスナーを上げようと苦労していた。「〝価値があるか〟だって? ぼくにとって、きみの存在そのものに価値があるんだ」

サニーはうなずいた。彼女は茫然としていた。体は快楽の余韻に震えている。妊娠の事実を告げられても、ライはシェイクスピア役者のような大げさな反応を示さなかった。子供の父親が自分であることも疑わなかった……少なくとも、疑っているようには見えなかった。不妊という診断は誤診だったという事実も、ライはすんなりと受け止めた。彼はそういうひとだ。サニーは心から安堵をおぼえた。

昼前にアシュトン・ホールに戻ると、パンジーが駆け寄ってきた。サニーが抱き上げるとパンジーはしがみつき、ライにも手を伸ばし、袖をつかんだ。

彼はサニーから姪を受け取ると、思いきり高く持ち上げた。パンジーの楽しげな笑い声が玄関ホールに響きわたる。アシュトン・ホールの敷地内の農場にいつかこの子を連れていこう、とライが提案すると、サニーは心を揺さぶられた。パンジーは動物が大好きだ、という彼女の話をしっかり覚えていてくれたのだ。

部屋に戻ると、ライが手配したスタイリストが待ち受けていた。スタイリストは採寸を行い、彼女の好きな色やスタイルについて質問を浴びせた。ライはあらゆることを猛スピードで処理していく。サニーはそれにうろたえていたが、いまは従うしかなかった。ライのやり方に慣れないと、と自分に言い聞かせる。少なくとも努力はしてみるべきだわ。彼はわたしのお腹に子供がいることをすんなり受け入れてくれた。だから、わたしも努力をしなくては。

でも、彼はほんとうに受け入れてくれたの？　深く考えていないだけではないの？　自分の人生を左右する出来事だと思っていないようにも見える。彼がお腹の子を受け入れたのは、わたしが欲しいからかもしれない。わたしたちの未来はどうなるの？　でも、ライはわたしが自立した女として生きることに反対しなかった。彼に不満を感じたりする理由があるの？　彼はわたしの主張をすべて受け入れてくれたのよ。

夕食は二人きりでダイニングルームで食べた。食事を終えると、二階に向かった。サニーが自分の寝室に戻ろうとすると、ライが彼女の手を握る。「食事のあいだにスタッフが、きみの持ち物を移動させた。今夜はぼくの部屋で眠るんだ」

サニーは動揺を抑えようとした。「こんなことをしたの？　わたしに何も相談せずに？」

「何を相談するというんだ？　ぼくたちは付き合っている。隠す必要はないはずだ」彼は言った。たしかに筋は通っていた。

サニーは深く、ゆっくりと息を吸い込んだ。「何だか、自由が奪われるような気が――自分の人生が自分のものではないような気がしてきたわ」

ライは彼女に鋭い視線を投げかけた。「きみは以前と同じように自由だ。好きなように生きて構わないんだ」

「何もかも突然すぎるわ。わたしは人生が変わってしまうことが、あまり好きじゃないのかもしれない」彼女が自信なさげに言うと、ライは手を放した。

ライは心の中で後ずさりをしている、とサニーは思った。納得がいかなかった。しかし、いまは正面からぶつかるタイミングではない。私物はすべて彼の部屋に移されてしまったのだ。

「でも、気にしないで。ちょっと心がぐらついただけ。すぐに立ち直るわ」彼女は言い、ライに寄り添った。

「それは嘘だな」ライは静かに言った。「きみはまだ決めかねているんだ――ぼくのそばにいたいのか。それとも、そうではないのかを」

「考えていることをそこまで正確に読み取られるのは、あまりいい気分じゃないわね」

彼は寝室の巨大な扉を乱暴に開けると、軽い口調で言った。「仕事が残っているんだ。またあとで会おう」

そして彼女をその場に置き去りにし、ライは姿を消した。サニーは広い部屋にたった一人で取り残された。ふらふらとバスルームに向かう。しかし、そこに彼女の私物はなかった。化粧品や洗面道具が見つかったのは、もうひとつのバスルームの中だった。持参した着替えも、別のドレッシングルームに置かれている。何もかもが二つに分かれているんだわ、と彼女は思った。彼は自分だけの空間を必要としているのよ。サニーはしばらく茫然としていたが、やがて服を脱ぎ、ベッドに身を横たえた。

　ライはときどき彼女を怒らせる。それは最初からわかっていた。彼は一瞬で決断を下す。だからこそ、彼女にも同じ速さを求めているのだ。けれど、サニーにそんな能力はなかった。彼女が深く考えずに口にした要求に応えるため、ライは愛人たちとの関係を清算した。しかし、彼がこれからも愛人のいない人生を送るとは思えなかった。

　ライはわたしがぐずぐずせずに、与えられたものを受け取ることを――彼が用意した枠の中にきちんと収まることを、望んでいるんだわ。でも、わたしはそれでいいの？　わたしはただの臆病者？　それとも、自分を守ろうとしているだけ？　いずれにせよ、誰にも自分の未来をコントロールすることはできないわ。

　サニーは彼を愛しはじめていた。いまこの段階で逃げ出すのは賢明ではない。しかも、ライの子供を妊娠してしまった以上、彼に会わないわけにはいかないのだ。

　眠れないまま、彼女はしばらくベッドに横たわっていた。やがて、ライが戻ってきた。そっとベッドに入ったが、体を近づけようとはしなかった。わたしの対応がまずかったんだわ。この部屋に荷物を移せば、わたしが喜ぶと彼は思っていた。とてもライらしい考えね。自分の家の中でこそこそしたくなかったんだわ。

　翌朝、ライは車で出発するサニーとパンジーを見送りに来た。そこでサニーは言った。「あなたの提案を受け入れるわ」

　彼の口もとがほころび、端整な美貌に笑みが浮かんだ。「後悔はさせない」

8

「今夜きみが着いたら、ぼくは一時間以内にきみの服を引き裂きそうな気がする」ライはうめくように言った。「ずいぶんときみに会えなかったからな」

サニーは下腹部がかっと熱くなるのを感じながら、通話を切った。キッチンに戻ると、ジェマがお茶をカップに注いでいた。

「ライだったのね?」サニーの隣人は言った。「それで、あなたは今夜彼に会いに行く。でも、遠距離恋愛は難しいものよ。彼はいつも出張中のようだし」

「少しずつ慣れていくつもりよ」サニーは軽い口調で言った。「ごめんなさい、今夜も動物たちの面倒を見てもらうことになって。こんなに頻繁に頼むことになるだなんて、思ってもいなかったわ」

気にしなくていいのよ、とジェマは応えた。しかし、たまに隣人の手を借りることと定期的に助けを求めることは、まったく別の問題だ。ジェマに繰り返し重荷を背負わせていいはずがない。動物たちはサニーが自分の意思で飼いはじめたのだ。二匹の犬も、猫も、馬も、アヒルたちも、彼女が家に閉じこもり、めったに外出しない生活を送っていたころに迎え入れたものだ。動物たちの責任を負わねばならないのは、他ならぬサニーなのだ。

わたしが妊娠していることに気づいたら、ジェマは何と言うのかしら? 彼女は訝った。地元にはゴシップがいろいろ広まるはずだ。それにも対処しなければならない。結婚せずに子供を産むという選択は、いまでは珍しくもない。言い訳や自己弁護をする必要などないはずだ。

サニーは車でロンドンに向かった。車を走らせながら、パンジーのために童謡を歌った。ライのロンドンの家はテムズ川沿いの豪邸だった。敷地に入るときは警備員のチェックを受けねばならなかった。そのうちにパンジーは疲れ、空腹になり、機嫌が悪くなった。

「ミス・バーカー……」玄関の前には、黒い服に身を固めた年配の女性が待機していた。「わたしはベス、ミスター・ベランガーのハウスキーパーです」ベスの案内でサニーは屋敷に足を踏み入れた。中で待っていたマリアは、すぐさまパンジーに駆け寄った。お腹を空かせているみたいだし、お昼寝も必要のようだわ、とサニーが言うと、マリアは微笑んだ。マリアがパンジーを連れて姿を消すと、サニーは二階の主寝室に連れていかれた。そこには新しいドレスが用意されていた。服をざっと確かめ、ダークブルーのロングドレスを選ぶ。ていねいな仕立ての服で、彼女の体型を考えて腹部に少し余裕を持たせていた。ドレスはすでに画像データで目にしていた。イベントにはこれを着るつもりだった。新品の靴もチェックし、紺色のハイヒールを取り出す。

そのとき、ライが部屋に現れた。「ここにいたのか！」満足そうな声をあげる。

「今夜着るドレスを決めていたところなの」サニーは言った。黒髪が乱れ、顎にうっすらと髭が生えはじめたライは、たまらなく魅力的だった。ライはやはりライだった。男性的でたくましく、荒々しいエネルギーにあふれ、セックスアピールも強烈だ。見ているだけで胸が苦しくなり、体に震えが走る。

「長い一週間だった」彼は長い指で黒髪をかき上げた。「きみが恋しくてたまらなかった」

きみはぼくのそばにいるべきだ、と言わんばかりの責めるような口調だった。

「でも、いまわたしはここにいるわ」彼女はライの言葉を軽く受け流した。「パンジーには会った？」

「トーストを握りしめたまま手を振ってくれたよ。食べることに忙しくて、ぼくに注意を向けている暇はなかったようだ。だが、明日はあの子といっしょに過ごすつもりだよ」

「悪いけど、明日は朝の早いうちにコテージに戻るわ。依頼があって、急いで絵を描くことになったの」

ライは腹立たしげに眉を上げた。「待たせればいいだろう」

「無理よ。向こうが決めた納期を受け入れたんだから。お母さんの誕生日に、大好きな花の絵を贈りたいんですって。明日から描きはじめないと間に合わないの。自分の絵がどこかの家に飾られて誰かを楽しませる、って考えるだけで嬉しくなるわ」

ライは口もとをこわばらせた。「ぼくも努力して趣味を変えようとしている。ベッドの近くにきれいな植物の絵を掛けたんだ。それを見て楽しんでいるんだが」

そのときサニーは、壁に彼女の絵が飾られていることに初めて気づいた。思わず笑みが浮かぶ。彼女はライに向かって足を踏み出した。近づくにつれ、脈動するようなエネルギーに心を奪われる。「わたしもあなたに会いたかった。でも、あまりコテージを離れられないの。仕事もあるし、動物たちの面倒も見なくちゃいけないし」

「その件については、あとでじっくり話をしよう。いまはそんなことより――」

「わたしの服を引き裂きたい？　お願いだから、服をだいなしにするのはやめてね。それはともかく、ドレスとか用意してくれてありがとう……。あなたと二人でいるときに着られるような、おしゃれな服はあまり持っていなかったのよ」

彼は両手でサニーの頬を包み込んだ。「わざわざ礼を言うほどのことじゃない。それから、ぼくは服を引き裂いたりしない。約束するよ」

大まじめな顔で言うと、彼女のブラウスを脱がせ、ジーンズのファスナーに手を伸ばす。

「どうしてこんなサイズの大きなジーンズを穿いているんだ？」

「これからお腹が大きくなるからよ」彼女は当惑しながら、ウエストが伸縮するマタニティジーンズを下ろしはじめた。マタニティウエアが必要なほど腹部が迫り出しているわけではなかったが、手持ちの服はすでに窮屈になりはじめていた。

ライはサニーの顎を上げ、情熱に満ちたくちづけをした。舌を彼女の口に差し入れる。サニーは体を震わせた。熱い欲望が全身に広がる。

彼はサニーを抱き上げ、体をベッドに横たえた。靴を取り去り、脱ぎかけのジーンズを乱暴に引き下ろす。ライは燃えるような目で彼女を凝視した。

「大丈夫なのか？　疲れていたり、体調が悪かったりしないのか？」不器用だが優しさに満ちた口調だった。こういう質問をすることに慣れていないのかもしれない。

サニーは手を伸ばし、ネクタイをつかみ、彼を引き寄せた。「何も問題はないし、わたしはこれを待ち望んでいたの。それに、あなたは約束してくれたはずよ」

意志の強さを感じさせるライの口もとに、笑みが浮かんだ。「そうだった。ぼくは約束したな」

彼はサニーの左右の手をシーツの上に押さえつけ、貪欲なキスをした。だが、ちょうどそのとき、彼のポケットの中で携帯電話が鳴り響いた。ライはくちづけを中断すると、あえぐように息を吸い、電話に出た。通話の相手に向かって短く何ごとか告げ、ベッドを下り、電話をポケットに戻す。

「別の予定が入った」ライは腹立たしげに言った。

「きみが欲しいが、いまは時間がないんだ」

「別の予定?」サニーが茫然として体を起こすと、ライは床に放り出した彼女の服を手に取り、ベッドに置いた。

「服を着たまえ」彼は言った。

「ジョークなの?」

「いや、ジョークじゃない。すぐに服を着てくれ。二人で一階に下りるぞ」ライは暗い表情で言った。

サニーはライのズボンを盗み見て、顔を赤らめた。布地が張り詰めていたからだった。「ジャケットのボタンは留めたほうがいいわ」

「すまない。興奮していたんだ」彼はため息をつき、残念そうな表情を浮かべた。

サニーは急いで衣服を身につけ、乱れた髪を整えると、彼のあとについて階下の応接間に向かった。ライが彼女を椅子に座らせると、二人組の男性が部屋に現れた。重たげに抱えていた金属製の箱をライの足もとに置き、鍵を開ける。

「ブルー・ダイヤモンドだ。きみに似合うかどうか、確かめたかったんだ」

箱に収められた別の箱から慎重な手つきで取り出されたのは、ペンダントだった。ライがそれを彼女の首に掛ける。サニーはきらめくダイヤモンドを見下ろした。

「こっちを見るんだ」彼は促した。

サニーがライの言葉に従う。

「これをもらおう」彼は満足そうな顔で言った。

「受け取れないわ……」彼女は甲高い声で抗議し、ペンダントを外そうとした。

「これは投資なんだ」

サニーは不安の面持ちで、目も眩むようなダイヤモンドをてのひらにのせた。「こんなきれいなブルーは見たことがない」

「きみの目に合う色だ」

「こんな高価なものを、プレゼントとして受け取るわけにはいかないわ」

「今夜はこれを身につけてほしい」

「つけるけど、手もとに置くつもりはないわ。あなたのために、借り物として首に巻くだけ……それはわかってちょうだい」

途方もなく高額だと思われるジュエリーの存在に動揺しながら、サニーは姪のようすを確かめに行った。パンジーはマリアといっしょにお風呂に入っているところだった。サニーもシャワーを浴び、イベントに出る準備を始めた。ドレスをまとい、ハイヒールを履いた足で慎重に階段を下りる。経済的な豊かさの象徴とも言うべきダイヤモンドが、胸もとで絢爛たる輝きを放った。

ライが黒い瞳をきらめかせ、彼女に近づいてきた。

「きみはきれいだ」

「ありがとう。でも、何だか着せ替え人形になったみたい。もとの自分に二度と戻れないように思えてきたわ」

ライが眉間にしわを寄せると、カメラマンが姿を現した。カメラマンは二人の写真を撮ると、到着しはじめた招待客にレンズを向けた。今夜開催されるのはライが運営する慈善団体のイベントで、子供ホスピスのための資金を集めることが目的だった。メディアを賑わせる有名人の顔も目につく。ライがサニーをイベントのホステス役として招待客に紹介すると、彼女は自意識過剰にならないよう注意した。招待客は好奇心を刺激され、ライが彼女の背中に手を置くといっせいに視線を向けた。舞踏室では制服を着たケイタリング業者が飲み物を用意し、スピーチが終わるとビュッフェが始まった。イベントはきらびやかな社交の場へと姿を変えた。

招待客はつぎつぎにライのもとに押し寄せた。露出度の高いドレスを身にまとった美しい女性たちは、ジョークを飛ばし、腕に手を置き、何とか彼の気を引こうとした。そのあいだ、サニーは品評会に出品されたポニーよろしく、ひとびとの視線にさらされていた。招待客たちは彼女のダイヤモンドのペンダントを目にしては、賛嘆の声をあげた。どうやらオーストラリアで採掘された有名なものらしい。豪華なペンダントがしだいに重荷に感じられてきた。誰かが好奇心に駆られ、サニーに話しかけようとするたびに、ライは彼女を別の場所に連れていった。

「きみが何者なのかを世間に公表する必要はない。それはプライバシーの領域だ」

「わたしは自分を恥じてはいないし、隠したいとも思っていないわ」サニーは穏やかに言い返した。「それに、これはプライベートなイベントじゃないはずよ。カメラマンだって広報用の写真を撮っているわけだし」

「だが、きみを守るのがぼくの役目だ」ライは有無を言わさない口調で告げた。

サニーにとってそれが最後のひと押しだった。ライは彼女を箱の中に――自分専用の箱の中に閉じ込め、鍵を掛けるつもりなのだ。かつて彼女は体調を崩した祖母のために、外出もままならない暮らしを送った。そういう犠牲はいつでも払う覚悟でいた。しかし、男性のために自由と自立を犠牲にする気はなかった。彼女は好きなように生き、好きな服を身につけ、好きな話がしたかった。選択の自由をライに奪われたくなかった。彼に合わせて、ライフスタイルを変えるつもりはあった。だが、あらゆる要求や期待に応える気は毛頭なかった。

「明日の朝早くに発つ、というきみのアイデアについて考えていたんだが」その日の夜遅く、最後の招待客が姿を消すと、ライは言った。

「それは〝アイデア〟じゃないわ」サニーは二階に向かう階段の途中で足を止め、靴を脱いだ。ハイヒールを手にぶら下げ、痛くなった足指の曲げ伸ばしを始める。「すでに決めたことよ」

「だが、それ以外の選択肢もあるはずだ」ライは寝室のドアを開けた。「代替案を頭から否定するべきじゃない」

「いいえ、他の選択肢なんてないわ。引き受けた仕事を仕上げて、パンジーと動物たちの面倒を見なくちゃならないんだもの」引き下がるつもりはなかった。「どれも家に帰らなくちゃできないことだわ」

「きみに見てもらいたいものがあるんだ……不動産物件のファイルだ」ライは困惑したような表情で言った。

「わたしは引っ越さないわよ。これからもあのコテージで暮らすつもりなんだから」サニーはうろたえた。話が妙な方向に向かいそうだったからだ。

「これを見れば、きみの気持ちも変わるかもしれない」ライはテーブルの分厚いファイルを手に取り、彼女に差し出した。「目を通してみてくれ。ぼくは不動産はたくさん持っている。きみのためにスタッフを用意することもできる」

「わたしの気持ちが変えられると信じるのはあなたの勝手だけど、それは思い違いだわ」サニーはファイルを受け取らずに、バスルームに向かった。

つい感情的になってしまった。だが、ライは彼女を心理的に追い詰めるのが上手（うま）いのだ。サニーは化粧ポーチをつかむと、ペンダントを外し、ドレッサーの上に置いた。ドレッシングルームに足を踏み入れ、ナイトガウンと替えの下着を手に取る。

「何をしているんだ？」ライが鋭い口調で言った。

「まだ話の途中だぞ」

「あなたは頭がいいんだから、その質問の答えくらいわかっているはずよ」サニーは私物を抱え、彼の脇を通り抜けようとした。「ここであなたと二人で眠るつもりはないわ」

「サニー!」彼女が部屋のドアを開けると、ライはそのあとを追った。「いまここを出ていったら、ぼくは本気で怒るぞ」

「いまここを出なかったら、わたしは殺人の罪を犯しそうな気がするわ」サニーは以前使っていた部屋に向かい廊下を速歩で進んだ。

しかし、ドレスの裾を自分の足で踏んでしまった。ハイヒールを脱いでいたため、裾を引きずっていたのだ。恐怖に息をのみ、床に倒れる。手にしていたものがあたりに散らばった。怒りと屈辱に涙が込み上げるのを感じながら、床に散乱した私物をかき集める。ありがたいことに怪我はしていなかった。そのとき、ライの手が彼女のひじに触れた。彼はサニーを優しく抱き起こし、床に落ちた品を拾いはじめた。

「まるでばかげている。ぼくはこういうトラブルが嫌いなんだ」彼は非難するように言った。

「わたしがあなたの部屋を出たのは、トラブルを避けるためよ」サニーは何とか体裁を取り繕おうとした。

「きみは階段から落ちたかもしれないんだぞ」

「でも、落ちてはいないわ」サニーは目指す部屋のドアを勢いよく開けた。

ライは彼女に視線を向けた。サニーは顎を前に突き出し、背筋をぴんと伸ばしている。ぼくがいったい何をしたというんだ? 怒りといらだちが込み上げ、いまにも爆発しそうになった。

ライは彼女の目につくように、物件のファイルをベッドの端に置いた。サニーはナイトガウンと下着をベッドに放り出すと、化粧ポーチをバスルームまで運んだ。

「ぼくの何が悪かったんだ?」ライは肩でドアを閉めると、奥歯を噛み締めた。「どうするべきだった、ときみは考えているんだ?」

「一度も恋愛をしたことがない、とあなたは言っていたわね。わたしはその言葉をきちんと受け止めるべきだったし、過剰な期待をするべきでもなかった。自分でも気がつかないうちに、あなたに支配されてしまうのでは――わたしはそんなふうに感じたの。わたしは商品じゃないのよ、ライ。解決すべき問題点でもないし、改善すべき欠陥でもない。わたしは完璧な人間ではないけれど、別にそれでも構わない。でも、あなたはそうは思っていないようね。おしゃれなドレスと大きなダイヤモンドのペンダントで飾り立てたすてきな女性でないと、あなたは満足できないんだわ」

「今夜のイベントはビジネスイベントだったし、きみが着ていたのはフォーマルなドレスだ。ぼくはきみにもっと自信を持ってもらいたかったんだ」

「わたしは別に自分に自信がないわけじゃないわ。わたしにはわたしの人生があるし、わたしは自分の人生を愛している。あなたの価値観を尊重しなければならないことはわかっているし、そのための努力もしてきた。あなたのために旅行に出て、動物たちの世話をひとにまかせて、仕事も減らした。あなたが選んだ服を着て、あなたが用意したダイヤモンドも身につけた。でも、あなたのために住む場所を変えるつもりはないし、あなたのためにパンジーを四六時中ナニーにまかせるつもりもないわ！」

「冷静になってくれ、サニー。マリアがパンジーの面倒を見るのは、基本的にきみが眠っているときだけだ。きみは必要に応じてナニーを使えばいいんだ。それ以外のときは、いつもパンジーといっしょにいられるはずだ」

「でも、あなたが妥協を求めてきたら？　あなたはいつもわたしに譲歩をさせようとする。わたしがいやがっても、あなたはチェスの試合でも進めるみたいにわたしを追い詰めるんだわ」

「その言い方は大げさじゃないのか……？」

「ちっとも大げさじゃないわ！」サニーは両手を腰にあてがい、憤然と言い返した。「あなたはどんな問題も理屈で片付けようとするのよ！　ドレスも、あのばかみたいなダイヤモンドも、ナニーも！　でも、わたしは自分を変えるつもりはないし、引っ越すつもりもないわ」

「きみはぼくが欲しくないのか？」ライは腹立たしいまでに落ち着き払っていた。「現実を直視しようじゃないか。問題はきみがどれくらいぼくを求めているか、ということだ。ぼくはきみのために生き方を変えた。一人の女性のためにここまでしたのは、生まれて初めてだ。ぼくにとってはまったく新しい経験だった。新しい家は欲しくない、ときみは言うんだな？　それなら、ぼくはどうやっていまのきみの家に行けばいい？　ボディガードはどこで待機すればいい？　彼らはどうやってきみの土地を警備するんだ？」

サニーは両手を上げて彼の言葉を遮り、あえぐように言った。「それ以上何も聞きたくないわ！」

「パンジーにもボディガードが必要だな。あの子はぼくの姪なんだ」ライは容赦なく言葉を続けた。「それに、きみ自身はどうなるんだ？　きみはぼくの子供を妊娠している。大金をせしめようと陰謀を巡らせる連中が、田舎暮らしのきみを狙わない、という保証はどこにもないんだぞ。それが現実なんだ、サニー。こんな話は聞きたくないだろうが、現実から目をそむけることはできないんだ」

サニーは真っ青になった。セキュリティのことはまったく考えていなかった。だが、それ以上に問題なのは彼が放った別のひとことだ。彼女は衝撃を受け、まともに考えることができなかった。

〝きみはぼくが欲しくないのか？　現実を直視しようじゃないか。問題はきみがどれくらいぼくを求めているか、ということだ〟

彼女はライが欲しかった。心が乱れ、正気を失ってしまうほど欲しかった。依存症と言ってもいいくらいだ。ライに対する思いは強烈だった。強烈すぎた。いくつもの感情が心の中でぶつかり合い、洪水のように急激に水位が上昇する。

「わたしたち、別れるべきだと思うわ」

「それはぼくたちが取るべき道じゃない。きみとぼくは、そんな結論が出るほど長く付き合っていないはずだ」ライがすぐさま言い返す。

「自分が何をして何をしないかに関しては、あなたに指図されるいわれはないわ」彼女は怒りとともに言った。

「そこまできみに指図するつもりはない。ただ、いまは深呼吸をして落ち着いてくれ」

「〝落ち着いてくれ〟？　男性はかならずそう言うわよね、女性が自分の意見に従わないときは」サニーは何とかライを押しのけ、彼の背後のドアを開けようとした。

ライは体が大きく、簡単に動かすことはできなかった。しかし、サニーは何としてもドアを開けるつもりでいた。彼はいらだちの表情を見せながらも両手を上げ、脇に退いた。「よく考えてくれ。自分が何をしているのか、その理由が何なのかをじっくり考えてくれ」

彼女は乱暴にドアを開け、紫色の瞳でライをにらみつけた。「あなたとは別れるわ」

「本気で言っているのか？」ライは眉を上げた。サニーが何の脈絡もなく唐突に怒りだした、と言わんばかりの表情だった。

「あなたは女性にふられたことが一度もないみたいだけど、それは一生ふられずにすむ、という保証にはならないのよ」サニーは叩きつけるように言うと、部屋の奥まで引き返し、不動産物件のファイルを手に取り、ライに突き返した。

「大人なら、冷静な話し合いで問題を解決するべきだろう」

ライに平手打ちを食らわせたくなった。だが、自分がそんな衝動を感じていることに、サニーは恐怖をおぼえた。ライをドアから押し出し、階段に突き落とす自分のイメージが脳裏をよぎる。そのあとに浮かんだのは、傷ついて横たわるライの姿だった。張り裂けるような痛みが胸に走る。たしかに彼女の感情は高ぶっていた。それでも、とても耐えられなかった。だめよ、ライが傷つくところなんて見たくない。わたしはただ彼を黙らせたかっただけ。冷静沈着な仮面を引き剥がして、ライの素顔が見たかっただけなのよ。

「話し合っても無駄だわ。わたしたちは上手くいかないのよ」

「いや、上手くいくはずさ。重要なのは力を合わせることだ。どうしてきみは、そんなに腹を立てているんだ？」

「あなたは、自分の持ち家にわたしを引っ越しさせようとしたのよ！」

「それを喜ぶ女性もいるんだが」

「わたしは違うわ！」サニーは怒りの声をあげた。

「まわりの土地を残らず買収して、きみの家の敷地を広げるという手もある。ぼくだって妥協を受け入れないわけじゃない。ただ、それは他に選択の余地がない場合に限る。ぼくはあえて困難に挑む男だからな」

「あなたは、わたしが招待客と話をすることすら許してくれなかったじゃない！」

「招待客はきみに興味を持ちすぎていた。きみがうっかりプライベートな情報をもらすと、あとで面倒なことになりかねない。きみは純粋すぎるから、他人を簡単に信じてしまう。そういうところがきみの美点だとは思うが、危ういところでもあるんだ。きみは楽天的な人生観の持ち主だが、ぼくはそうじゃない。ものごとを皮肉な目で見る男なんだ。今夜ぼくが第一に考えていたのは、きみを守ることだ。きみを押さえつけたり、口をふさいだりすることじゃない」

「上から目線はやめて！　さっさと自分の部屋に戻ってちょうだい」

「また明日、話をしよう」ライはきっぱりと言い、こわばった肩と背中を見せて歩み去った。

いいえ、明日になっても話なんてするつもりはないわ、とサニーは心の中で叫んだ。夜が明けたら、すぐにここを出よう。家に帰り、自分の人生を取り戻すのだ。もちろん、パンジーの今後を考えると、ライとの関係を完全に断ち切るわけにはいかない。一カ月に一度は彼の家を訪ねるべきだろう。子供が生まれたら、いろいろと取り決めが必要になるはずだ。ライは初めて、お腹の赤ちゃんのことを〝ぼくの子供〟と呼んでくれた。でも、この子は彼の子供じゃない。わたしの子よ。

そんな冷淡なことを考えている自分自身に、サニーはたじろいだ。ベッドに入る準備はできていたが、ライが言っていたセキュリティの問題がどうしても頭を離れない。わたしも、パンジーも、生まれてくる子供も、世界でいちばん裕福な男性と深い結びつきがある。その事実が、危険を招き寄せてしまうかもしれないのだ。どうしていままで、そのことに気がつかなかったの？　現実の厳しさを見落としていたのは、いったいなぜなの？　ライの言うとおりだわ。わたしはこういう話は好きじゃない。恐ろしいものからは、どうしても目をそむけてしまう。サニーは罪悪感に打ちのめされた。こんな明白な事実を、わざわざ説明させてしまうだなんて。わたしは自分とライの関係を正しく理解できていなかったんだわ、と彼女は思った。この先も理解できないのかもしれない。このままだと、生まれてくる子供が危険にさらされる可能性もある。

そんなことを考えているうちに、震え上がるほど怖くなってきた。この状況を改善するには、ライと距離を置くしかない。サニーは目覚まし時計のアラームを思いきり早い時刻に設定した。ライのいない生活。ときめきも、燃え上がるような感情もない毎日。いままでわたしは一人きりで生きてきた。それでずっと幸福だった。そういう人生がまた始まるだけの話だわ、と自分に言い聞かせる。これからは仕事に打ち込もう。育てなければならない子供は二人いるのだから。疲れ果てていたサニーは、やがて眠りに落ちた。

9

パンジーの部屋に入ろうとした瞬間に、笑い声が聞こえた。

時刻は午前五時半。目の下にはうっすらとくまができていたため、サニーのメイクはいつもより濃かった。パジャマを着たままの姪のかたわらに座り込んで遊んでいるのは、こともあろうにライだった。彼とは顔を合わさずに屋敷を出ていくつもりだったのだが。

彼は黒い瞳を向けてきたが、サニーは視線を逸らした。「きみが出ていく前に、パンジーに会いたかったんだ。この子の朝食はまだだったから、マリアに手伝ってもらって……おむつを替えてみたんだ。

ぼくはかなり下手くそだったんだが、パンジーはそれを面白がってくれたようだ」

「いまは、パンジーが一日でいちばん機嫌がいい時間帯なのよ」サニーは震える声で言い、笑顔で近づいてきた姪を抱き上げた。パンジーは叔母にキスをすると、床に下ろすよう求めてきた。ライと遊びたがっているようだった。

ライは色あせたジーンズにTシャツという格好だった。カジュアルな服装は、筋肉質の体をいやというほど強調している。ライはパンジーのために、ミニカーを並べ直したところだった。「女の子向けのおもちゃが好きだと思っていたんだが、パンジーはミニカーを持ってきたんだ」

「気分が変わりやすい子だから、どんなおもちゃでも遊ぶのよ。いまからこの子の朝ご飯の用意をしないと……つぎにあなたに会うのは、来月になりそうね」サニーはそう言いながら、いますぐここから逃げ出したくなった。パンジーといっしょに床に座り込むライの姿が、とても自然に見えたからだった。

頬骨が高く、唇のかたちがよく、たくましい顎をしたライは、たまらなくハンサムだった。体はたくましく引き締まっている。ライの言うとおりだ。彼は生き方を変えていた。状況の変化に適応しているのだ。初めて出会ったときのライは――デザイナースーツに身を固めたあの男性は、決してこんなまねをしなかったはずだ。よちよち歩きの子供と遊んだりするはずがない。ライが大きな努力のすえに自分を変えたのだ。その事実に彼女は心を打たれた。何があろうと、彼とパンジーの関係をだいなしにしてはならないのだ。

そして何より、彼はサニーがいまでも愛している男性だった。彼女は自分の人生を取り戻すために、ライを無理やり捨てようとしているのだ。しかし、いまになって気がついた。以前と同じ人生を取り戻すことは、もはや不可能かもしれないのだ。

「ごめんなさい」サニーは唐突に沈黙を破った。「昨日の夜は、ひどいことを言ってしまったわ。あなたに悪気はなかったのに」

「ぼくに悪気がないことは信じてほしい。きみには考える時間が必要だな」

違う、と彼女は思った。わたしには考える時間なんて必要ない。必要なのは心の壁を築く時間。欲望に引きずられることなく、彼の友人でありつづける方法を身につける時間だ。ライは彼女の目の前で床に座り込んでいる。彼はあらゆる魅力を兼ね備えた男性だ。優れた知性、すべてを論理的に捉える理解力。そして、目も眩む快楽を与えてくれる肉体。彼はサニーが一度も経験したことのない快楽を味わわせてくれたのだ。

サニーはたまらなくライが欲しかった。だが、そう感じるからこそ警戒が必要だった。守りを固めねばならないのだ。ライのせいで彼女は性的な欲望に囚われるようになった。自分にそんな弱みがあるとは思ってもいなかったのだ。ライは捨てたはずだった。それでも、彼に対する執着は捨てきれなかった。

ライが部屋を出ていくと、彼女はパンジーを着替えさせ、朝食を食べさせ、階下に向かった。しかし、ライのことばかり考えてしまう。彼は努力している。適応しようとしている。変われる範囲内で変わろうとしている。わたしだって変われるはずなのに――

彼女は苦い思いとともに胸中でつぶやいた。

車に乗り、出発の準備をしていると、外にライの姿が見えた。彼女はウインドウを下ろした。できればこんなふうに逃げ出したくなかった。黒い瞳が彼女を見つめる。セクシーなまなざしに思わず足の指が曲がった。しっかりしなさい、と自分自身を叱る。彼女は何とかライの魔法から逃れようとした。

「また来月に会いましょう」サニーは必要以上に明

るい口調で言った。

「診察の予約は入れているのか？」

「ええ。最初の超音波検査があるわ」彼女はためらいがちに答えた。「二週間先よ」

「それはぼくも立ち会いたい」

「でも、わたしたち……きちんと話し合っていないわ……あなたがどこまで関わるべきなのか……」

「それはフェアじゃないな。そもそもきみは、ぼくに何も知らせていなかったじゃないか」

「日時はあとで知らせるわ」サニーは力のない声で言った。

「ぼくを締め出すのはやめてくれ」ライは急に力を込めて言った。「この子はぼくの最初の子供だ。それを考えるだけで、気持ちが高ぶるんだ」

家に向かう車の中で、サニーは彼の言葉を思い返した。

〝気持ちが高ぶるんだ〟

ライの口からそんな言葉を聞こうとは、思ってもいなかった。彼は好奇心を刺激されている。興奮しているのだ。たしかにこの子は彼の最初の子供だ。パンジーとの触れ合いを通じてライは心を開き、子供との接し方を学んだ。しかも、新しい世界に向き合おうとしているのだ。でも、わたしは？　わたしは彼を自分の人生から締め出そうとした。

わたしは妊娠を知ったときの彼の気持ちを知ろうとしなかった。自分勝手な台詞を並べ、ライをこの件に関わらせようとしなかった。彼にとっても重要な問題だったはずなのに。わたしは彼と距離を置くために境界線を引き直した。彼の子供ではなく、わたしの子供。彼は関係ない。そう考えていたのだ。

ひどいことをしてしまった。わたしはライの気持ちを思い込みから曲解し、突き放してしまったのだ。でも、彼はわたしが考えていたようなひとではなかった。ライは自分の意思で成長し、新しい世界に進んで飛び込もうとする男性なのだ。にもかかわらず、サニーは彼を捨ててしまった。この難問はとても彼女の手に負えそうになかった。

一週間後、サニーは犬の吠え声とパンジーの泣き声で目を覚ました。ベッドから出ようとすると、携帯電話と呼び鈴が同時に鳴り響いた。額にしわを刻み、ローブをつかみ、まずパンジーのもとに駆けつける。

玄関のドアのガラス越しに黒い影がいくつも見えた。どうやら、ドアの向こうでは何人ものひとびとがひしめき合っているようだ。子供部屋に入り、姪を抱き上げる。パンジーをしっかり抱きしめ、寝室に戻ると、電話に出た。ジェマだった。

「サニー？　昨日、ジャーナリストがうちに来て、あなたのことを尋ねてきたわ。すぐに追い返したけど、近所のひとの話だと、今朝の新聞にあなたの記事が出ていたみたいよ。でも実際に読んでみたら、嘘ばかりだったわ！」

玄関のドアの向こうから聞こえる声や、窓の外から中をカメラで撮影しようとする人影を意識しながら、サニーはキッチンに入り、犬を外に出した。携帯電話が再び鳴った。聞こえてきたのはライのクールな声だった。

「パパラッチを何とかするために、スタッフをそちらに送った……ぼくもすぐに行く。それから、今日、明日は新聞を読まないほうがいい」

裏口のドアを誰かがノックをした。サニーはドアを数センチだけ開けてみた。「ミス・バーカー？　ミスター・ベランガーの命令で来たチームの者です。サムと言います。いま、庭からパパラッチを追い払っています。犬は家の中に入れたほうがいいですね。小さいほうの犬がパパラッチの足首に噛みついていたので、引き離さねばなりませんでした」サムはドアの隙間からバートを差し出した。チワワは屈辱に目を開き、脚をばたつかせている。「ずいぶんと獰猛な犬ですね？」

「ときには獰猛だったりもするわね」サニーは言った。だが、カメラを手にした侵入者を怖がらせるくらいなら、別に構わないような気がした。彼女がバートを受け取ると、ベアもサムの脇をすり抜けてキッチンに戻ってきた。外の騒ぎから逃れられてほっとしているのか、ベアは安心したような顔で床に座り込んだ。

それから二十分でサニーはパンジーを着替えさせ、シャワーを浴びた。犬たちに餌を与え、パンジーの朝食も用意する。そのとき、ジェマが裏口に姿を現した。

「道路は報道陣で埋まっているわ。おまわりさんが一人で彼らを移動させようとしていたら……民間のセキュリティ・チームがそれを手伝いはじめたの。全員がスーツ姿で、サングラスをかけて、イヤホンをつけている。ジェームズ・ボンドの映画みたい」

「ライがよこしたチームだわ」サニーはあえいだ。

ジェマは驚きの表情を見せた。「あなたたちの関係は終わったんじゃないの？」

「どうやら彼は、いまでもわたしの心配をしているようね」サニーは肩をすくめた。

ジェマはキッチンのテーブルに新聞を広げた。サニー本人よりもクリスタベルの写真のほうが多かった。いまは亡きサニーの姉は見映えもよく、妹よりも有名だからだろう。サニーの写真は一枚きりだった。アシュトン・ホールのイベントで、ライのかたわらにいるときに撮られたものだ。

「この新聞は妹のあなたも麻薬中毒者だ、とほのめかしたいようね」

「そうじゃなくて、記事にする材料がなかったんだと思うわ。だから、クリスタベルの交通事故をあらためて引っ張り出した。わたしはただの絵描きだから、それだけじゃ記事として弱いということなんでしょうね」

「あなたとライの関係について、憶測を垂れ流しているわ。それから、ダイヤのことも書いてある」

「あれは借り物よ。ライに事前に釘(くぎ)を刺されたわ。いろいろと憶測が飛び交うはずだ、って」

「どうやら彼は、愛人を人前に出したことはいままで一度もなかったみたいね。あなたたちを結びつけているのは、パンジーを通じた家族の絆(きずな)なのか、それ以外の何かなのか、と詮索されているようよ」

ジェマが言い、サニーは記事を斜め読みした。記事によれば、サニーは長いスカートと動物を好み、野草や野生の木の実を食べる変人らしい。

「要するに、パンジーの存在が世間に知られてしまった、ということだわ」サニーはため息をついた。

「ライはいい顔をしないでしょうね」

「マスコミは最初から知ってたんじゃないかしら。ただ、あなたが表舞台に現れて伯父さん(アンクル)と関わりを持つようになるまで、誰も可哀想(かわいそう)なパンジーに興味を示さなかった」

「アンカ」パンジーが言った。

「アンクルよ」サニーは訂正した。

パンジーがいつものように声に出して単語を並べる。「おはな……おめめ……おくち」

「そろそろ帰るわ。あなたは絵を仕上げなくちゃならないのよね。犬たちはわたしが連れていく？」

「ありがとう。でも、その必要はないわ」サニーは裏口から出ていく年長の友人を見送った。

サニーはパンジーが昼寝をしているあいだに絵を描き上げた。それから掃除を始めると、頭上からヘリコプターの音が聞こえた。彼女が着ているグリーンのワンピースは秋口だと少し肌寒かったが、他の服の多くは窮屈になりはじめていた。ヘリコプターは着陸のために降下に入ったようだ。サニーは外に飛び出し、馬房で心細げに身じろぎをするマフィーを落ち着かせ、到着したライを迎えるために歩きだした。ボディガードたちがヘリをかこむように散らばると、機内からライが飛び出した。風に黒髪が乱れるその姿は男性的な魅力にあふれ、サニーは欲望に耐えるために奥歯を噛み締めた。

ライは大股でこちらに近づいてきた。グレーの高級スーツに身を固めていても、広い肩幅、引き締まった腰、長くたくましい脚のラインははっきり見て取れる。その姿は目を見張るほど美しい。馬房の脇の放牧場にいていい男性ではない。彼は洗練された都会的な容姿の持ち主なのだ。そのとき、サニーは生け垣の向こうでカメラを構える人影に気づき、たじろいだ。

ライはカメラの放列を無視したが、セキュリティ・チームのメンバーはすでに走りだしていた。

「わざわざあなたが来る必要はなかったのに」

「大した遠回りじゃないさ。スコットランドに行く途中だったんだ。気にすることはない」彼はサニーの先に立って歩きだし、コテージの裏口のドアを開けた。「きみはどうしていたんだ？　パパラッチに迷惑をかけられなかったのか？」

「あなたのセキュリティ・チームが庭から追い出してくれたわ。それから、絵は午前中のうちに仕上げたのよ」

「それなら、あとで見せてくれ」ライはキッチンテーブルの新聞に顔を近づけた。「きみはぼくのアドバイスに従わなかったようだな……だが、無理もない話か」

「コーヒーはどう？」サニーは何とか話題を変えようとした。

ライはうなずいた。だが、新聞の記事に注意を奪われ、サニーに視線を向けるどころではなかった。

それでもライの心には、彼女の姿が焼きついていた。柔らかそうなシンプルなグリーンのワンピースをまとい、金色の髪は乱れている。目は少し細くしていた。コンタクトレンズを装着していないのだろう。眼鏡をまたどこかに置き忘れたのかもしれない。眉のすぐ上には黄色い絵の具が付いている。ライは深く息を吸い込み、新聞を読みつづけた。

「きみとクリスタベルを、こんなふうに結びつけるのは許せない。こんな言い方はしたくないが、イーサンにとって彼女はトラブルの種だった。弟は子供じゃなかったが、流されやすい性格だった。とにかく気分がハイになるものが好きだったんだ。そしてクリスタベルも同じような性格だった。やがてクリスタベルに愛人ができると、弟は酒や麻薬がやめられなくなった。ぼくはイーサンを療養施設に入れようとしたが、クリスタベルは首を縦に振らなかった。あなたにはそんな権利はない、と言っていた。たしかに彼女の言うとおりだった。だが、そのころにはもうパンジーは生まれていた。だから、誰かが声をあげて、決断を下さねばならなかったんだ」

サニーはコーヒーを淹れる手を止め、驚いたような顔で言った。「姉さんに愛人がいたの?」

「すまない、きみはもう知っていると思ったんだ。彼女は本気で隠そうとはしていなかったからな。イーサンはもうクリスタベルに付いていけなかったし、彼女の女優としてのキャリアも薬物のせいでだいなしになっていた。離婚させるべきだったんだろうが、それでもイーサンは彼女を愛していたんだ。ぼくが手切れ金を出して、クリスタベルを退場させることもできた。そうしていれば、イーサンは死なずにすんだはずだ……二人とも生きていたかもしれないんだ。だが、ぼくは弟を救えなかった」ライの黒い瞳には苦悩と悔恨の光がたたえられていた。「イーサンは助けを必要としていたんだ。だが、ぼくが手を差し伸べたのは間違いだった。イーサンは腹を立て、ぼくは引き下がるしかなかった」

「お気の毒だわ、ライ。あなたがイーサンを甘やかしてだめにした、というわたしの非難は完全に的外れだったのね」

「弟を甘やかしたのは母だった。母にとってイーサンは人生の中心だったんだ。母が亡くなると、イーサンの心はばらばらに砕けてしまった。ぼくはその破片を何とか拾い集めようとしたんだが、イーサンはむしろそれを嫌っていたんだ」

「お母さんがイーサンを甘やかしはじめたとき、あなたはどう対応したの？」

「そのころぼくは大学に通っていて、学内の賞を取ったり、最初の会社を立ち上げたりしていたから、母や弟に会う機会があまりなかったんだ。だから、兄弟としてイーサンと関係を深めるチャンスもなかった」

「誰かに助けてもらうには、助けを受け入れる準備が必要だわ。でも、助けてもらいたいのにどこかに閉じこもって、他人との関わりを避けてしまうことだってある。この記事でいちばん恐ろしいのは、姉さんの最大の失敗をあえて蒸し返しているところだわ」

「もうマスコミはきみを放っておかないだろう。ぼくのミスだ。アシュトン・ホールのイベントできみを世間にさらすべきではなかったんだ」

「あなたはここに来るべきではなかったかもね。噂（うわさ）にさらに尾ひれが付きそう」

「だからといって、きみを放っておくわけにはいかない。ぼくの人生には、きみとパンジーとお腹の子が必要なんだ。それはわかってくれるだろう？」

ライはあらゆるものを手に入れた超人だった。けれど、まっとうな家族には恵まれなかった。いまになって彼が家族を求めるのも当然なのだろう。

「わかるわ」サニーは静かに言った。

二人のあいだに張り詰めた沈黙が垂れこめた。先に視線を逸らしたのはサニーだった。ベアがバートに近づきすぎたため、バートが飛び上がり、けたたましく吠えはじめたからだった。

「静かにしろ！」ライがチワワに命じる。

バートは目を丸くし、黙り込んだ。

「この犬は厳しく叱ったほうがいいな」

「男性が叱らないとだめみたい。前の飼い主が男性だったのよ。だから、わたしが大きな声を出しても、バートは聞く耳を持たないわ」サニーはバスケットの中で体を丸くするバートに目をやった。

ライは彼女を盗み見た。二人のあいだには問題がある。それも大きな問題が。サニーはその事実に気づいているのだろうか？　彼女はすべてをコントロールしようとしている。そして、ぼくもそのコントロールの対象なんだ。だが、ぼくはそんなことを受け入れる男ではない。サニーはぼくを自分の人生から締め出そうとしたが、その結果がこのざまじゃないか！　とはいえ、ぼくがサニーと結婚したら、彼女とパンジーと生まれてくる赤ん坊の三人は、かならず守る。重要なのはそれだけだ。それができれば、状況も改善するはずなんだ。

「サニー……」ライは唐突に切り出した。「ぼくと結婚してくれ」

サニーはまばたきを繰り返し、茫然と彼を見返した。「ライ――」

「本気で言っているんだ。たまにしか会えないのは耐えられそうにない。ぼくはきみとパンジーとお腹の子を永遠に自分のものにしたいんだ。結婚すれば、ぼくたちは一歩前進できるし、きみを悩ませている問題の多くも解決できる。結婚さえすれば、きみをこの手の騒ぎから守ることもできる。きみがぼくの一時的なベッドでのお相手だとか報じられて、ゴシップの種にされるのは耐えられないんだ」

彼はサニーの手を取り、引き寄せた。

「いきなりだから、びっくりしちゃったわ」彼女はささやくように言うと、頭の中の靄を払うかのように首を左右に振った。「まさに青天の霹靂ね」

大きな手がサニーの胸に置かれた。「心臓が高鳴っている」

彼女は身を硬くした。「あまりプロポーズを受けた経験がないのよ。というか、今回が生まれて初めてだわ」

「それなら、イエスと答えてくれ」

「わたしを支配したり、必要以上に〝守ろう〟としたりしない、と約束してくれる？」

「かりにぼくがそれを約束しても、きみは信じないはずだ」

そのとき呼び鈴が鳴り、サニーはため息をついた。

「ほんもののお客さんのようね。そうでなければ、あなたのセキュリティ・チームは敷地に入れなかったはずよ」

玄関ホールに入り、ドアを開けたとたん、サニーは狼狽した。目の前に立っていたのは、ジャック・ヘンダーソンだったのだ。ジャックが彼女に優しくほほえみかける。彼がこんな表情を見せたのは、十代のころに別れて以来だった。

「ジャック？」彼女は問いかけるように言った。

「どこの新聞も大騒ぎしているから、きみのことが心配になったんだ。きみは静かな暮らしを愛しているはずだ」

「そのとおりよ。でも、ライがここにいるからわたしは大丈夫。騒ぎもじきに収まるわ」

「ライ・ベランガーのことか？」ジャックの唇がゆがんだ。「パンジーの伯父だな？」

「ええ」

「あの男が帰れば、すべてもとどおりになるはずだ」

たくましい腕が背後からサニーの肩を抱いた。

「サニーはぼくといっしょに帰るんだ」ライは言った。

彼女は当惑に目をしばたたいた。「でも――」

「ぼくがここにいる限り、サニーは何の心配もいらない。厚意はありがたいが、彼女はいま助けを必要としていないんだ。ぼくはきみと違うから、困難に直面しても彼女を見捨てたりしない」

辛辣な言葉にジャックは青ざめ、二人に背を向けると、小道を引き返して姿を消した。

サニーは驚きに打たれ、背後を振り返った。「よくあんなことが言えるわね」

「きみが助けを必要としていたときに、あの男は逃げ出したんだ。ぼくは決してきみをそんな目に遭わせたりしない」

10

サニーは腕を組んだ。「あなたの説明によると、わたしはこの家を出て、あなたといっしょに帰るそうね」

ライは広い肩をすくめた。「きみはまだプロポーズの返事をしていないぞ」

彼女はライとの結婚について考えてみた。地に足を付け、しっかり考えねばならないときだというのに、想像するだけで眩暈がしてくる。「わたしたちは話し合うべきね」

「もちろんだとも。きみの条件は何だ?」

「あなたは出張を減らすべきね。それから、子供たちのために生活の場はひとつの家に絞るべきだわ」

「〝子供たち〟か。自分が子供を持つ人生を送るとは思ってもいなかったな。しかも、子供だけじゃなくきみまでついてくる」

「そうよ、わたしもいるのよ。だから、あなたもライフスタイルを変えてほしいの。子供たちに必要なのは安定した生活と家庭だわ。こっちの家からあっちの家へ、とお手軽に移動するのはやめてちょうだい。子供たちは学校に通わなくてはならないし、他の子供たちと遊んだりするものよ。父親の都合で毎日飛行機で移動するのは、子供にいい影響を与えないわ」

「毎日移動しているわけじゃない」ライは顔をしかめた。「ロンドンの屋敷を生活の場にしよう。しかし、ときには移動せざるを得ないこともあるんだ」

サニーは彼の顔をまじまじと見た。ライがパンジーやお腹の子の父親になってくれるのは嬉しい。しかも、愛する男性といっしょにいられるのは心躍ることだった。

「こういうやり方がまるでロマンチックじゃないことは、ぼくもわかっているつもりだ」ライは皮肉めいた口調で言うと、彼女を立ち上がらせた。サニーの髪を顔から払いのけ、柔らかな唇に貪るようなキスをする。彼女はライに抱かれたまま体を震わせた。彼の硬く長い欲望のあかしと、自分自身の下腹部の湿り気を強烈に意識させられた。

「構わないわ。ロマンチックな態度なんて期待していない。あなたは愛を知らないひとなんだもの」

「きみの言うとおりだな」

「わたしはあなたが欲しいわ。そして、幸福になりたい。おたがいの人生が大きく変われば、状況は好転するのかしら？」

「とにかく……ぼくにまかせてくれ。二十四時間以内に荷物をまとめてくれれば、明日にはここから運び出せる。マフィーも犬たちも猫も、アシュトン・

ホールに連れていこう」

サニーは申し訳なさそうにささやいた。「牧草地の先の池にはアヒルもいるの」

「それも問題ない。さあ、荷造りを始めるんだ。そのあいだにぼくが手配を進める」

「わたしたち、どこで結婚するの？」

「アシュトン・ホールだ」

「式はわたしが通っている教会の牧師さんにまかせてもらえるかしら？　それから、当日は友達や近所のひとも招きたいわ」

「それで構わないさ」

「それから、ジャックを責めないで。あのとき彼は十七歳だったのよ」

「ジャックはきみを傷つけた。あの男はきみに完璧を求めたが、人間は完璧な生き物じゃない。ジャックには過去の自分の行為を見直し、反省する時間もあったはずだ。だが、あの男は反省しなかった。そうだろう？」

サニーは目を伏せた。「そうね、あなたの言うとおりだわ。彼は反省していない」

「ぼくはきみに完璧を要求しないから安心してくれ。ぼくはきみを傷つけるようなやつらは許さない。きみは優しすぎるんだ。だから、ぼくが厳しくなれば、全体のバランスが取れるはずだ」

「荷造りをするわね。でも、この家はどうしたらいいの？」

「時間はたっぷりあるから、ゆっくり考えればいい」

「絵の運び方はわたしに決めさせてほしいわ」

「それなら、眼鏡はかけたほうがいいな」ライはシンクの脇に置かれた眼鏡を手に取り、彼女に差し出した。

「あなた抜きで、わたしはよくいままで生きてこれたものね」

「ちなみに、左の眉の上には絵の具が付いている」

数時間後、サニーとパンジーとライは、彼のロンドンの屋敷にヘリコプターで降り立った。出発前の荷造りは混乱を極めた。サニーに構ってもらえなかったパンジーは、癇癪を起こし、ずっと泣き叫んでいた。食べ物を与えても機嫌を取っても泣きやまず、最後にはベアのかたわらで眠ってしまった。ライは姪を起こさないように、細心の注意を払ってヘリコプターの機内に運び入れた。結局、泣き疲れたパンジーは眠ったままで、目を覚ましたのはマリアとおもちゃが待つ子供部屋の中だった。

いっぽうサニーを迎えたのは、スタイリストとウエディング・プランナーだった。彼女の目の前で、ウエディングドレスをまとったモデルたちが、急ごしらえのキャットウォークを何度も行き来した。サニーは繊細な花の刺繍で飾られたドレスにひとめで恋に落ちた。ノースリーブで背中は大きく開いていたが、ボディスは余裕のある作りだった。

入念な採寸が終わると、式のあとのパーティに着るドレスの候補が提示された。サニーが選んだのは袖の短いエレガントなドレスだった。パンジーが式に着る服についても、彼女はスタイリストに相談した。そのあとは靴選びだった。真珠色のハイヒールとディアマンテをちりばめたサンダルのあいだで迷っていると、ライが現れた。

「あと一時間で医者が来る」

「お医者さんって?」プライバシーのためにスタイリストたちから離れると、彼女は尋ねた。

「ぼくが呼んだ産科医が、ここで最初の超音波検査を行う。きみが予約している検査の当日は、ぼくは国外に出る予定なんだ」

サニーはライを茫然と見つめた。「でも、荷解きをしないと」

「それはぼくも手伝う。超音波検査にはどうしても立ち会いたいんだ」

「国外って、どこに行くつもりなの？」気がつくと責めるような口調になっていた。

「ニューヨークだが……もしかすると、アイスランドにも寄るかもしれない。イギリスを離れるのは十日だが、結婚式に間に合うように戻る。屋敷にはスタッフを残しておく。全員がきみの指示に従うはずだ。式を終えたらきみと過ごせるように、仕事を事前に片付けておきたいんだ」

文句は言いたくなかったため、サニーはうなずいた。「出発はいつ？」

「二時間後だ」

彼女は唇を噛み締めた。「そういうまねはするくせに、わたしから家を奪ったのね」

「きみの私物は明日すべてこちらに届く。コテージにいたころと同じ生活ができるはずだ」ライは彼女の手を握り、二人きりになるために廊下に導いた。

「これをきみに……」

彼はサニーの手を取り、指輪を薬指に滑り込ませた。ダイヤモンドはペンダントと同じ色合いのブルーだった。「すてきな指輪ね。でも、わたしの望みは、今夜あなたがそばにいてくれることよ」

ライは顔をしかめた。「式のあとに自由な時間があることのほうが重要だろう。ぼくは他人と相談してスケジュールを決めた経験があまりないんだ。考え方を改めるべきだということは、わかっているつもりだが」

サニーは不満を押し殺し、指輪をした手で彼の手を握った。「気にしないで。でも、あなたがいないと寂しいわ」

ライは彼女に情熱的なキスをした。「ぼくも寂しいよ」

サニーは力のない足取りで舞踏室に戻り、スタイリストたちと靴の選定を続けた。慌ただしいくちづけだったが、それでも彼女の唇は疼き、胸のふくらみは張り詰め、呼吸は乱れていた。今夜はまた二人で喜びが分かち合える、とサニーは期待していた。ところが、ライは彼女の前から十日も姿を消してしまう。彼はすばらしい婚約指輪を用意し、医師の診察の手配もしてくれる。しかし、そのいっぽうで、こういうまねを平気でするのだ。サニーは急に笑いだしたくなった。ライはひたむきでエネルギーにあふれ、行動が迅速だ。つねに事前に考えを巡らせ、プランを立てているのだろう。しかも、いちいち他人に相談したりしない。出張も頻繁にあるはずだ。

結婚式に関しては、決めねばならないことがまだまだあった。食器の色、ウエディングケーキ、音楽、招待客のリスト。リストにはすでに何百という名前が記されているという。そこに彼女が招待するひとびとの名前が加わる。そのときサニーは、自分が式場で多くのひとびとの視線にさらされることに、初めて気がついた。彼女は妊娠した花嫁なのだ。でも、いまどきそんなことを気にするひとはいないわ、と自分に言い聞かせる。だが、ライが結婚に踏み切ったのはお腹の子供のためだ、と考えるひとびともいるはずだ。

しかし、彼女だけはそれが真実ではないことを知っている。ライはサニーとパンジーを求めているのだ。それは疑いようのない事実だ。彼は家族が欲しいのだ。わたしと結婚するのは、ライにとっては科学実験のようなものかもしれない、とサニーは思った。彼は結婚を心から望んでいるけれど、その結果がどうなるかにも大きな興味を持っている。わたしとパンジーは実験動物ということね。わたしたちと暮らすことによって、自分が何を手に入れ、何を失うのかを彼は確かめようとしているんだわ。そんなことを考えているうちに、甘い気持ちが消えていった。

スタイリストたちが姿を消すと、産科医が到着した。看護師と医療技師が同行し、大量の検査器具も運び込まれた。ライは満足そうな顔をしている。

「何も問題がないことを確認したいんだ。きみの健康に関しては万全を期したいからな」

彼の態度や言葉に批判的になるのは難しかった。彼女を置き去りにして話が進むのは納得がいかなかったが、ライがお腹の子に関心を示し、超音波検査に立ち会ってくれるのは嬉しかった。彼女は誰もいない部屋に案内され、問診票に必要事項を書き込み、検査を受けた。

過去の虫垂破裂が妊娠にどんな影響を与えるかについて医師が説明を始めると、ライも部屋に姿を現した。カルテを見るかぎり虫垂破裂が妊娠に悪影響を与えるとは思えない、と産科医が言うと、ライの表情が明るくなった。やがてサニーがソファに横たわると、技師が前に進み出て、彼女の腹部にジェルを塗りはじめた。

「お腹が大きくなっちゃったわ」彼女はため息をついた。

「そこにぼくの子供がいる、ということさ。それを恥ずかしく思う必要なんてないんだ」ライは言った。

「男の子か女の子か知りたいですか？　ただ、いまの時点では、はっきりわからない可能性もありますが」

サニーたちの目の前のモニターに映像が映った。最初は色の濃淡しかわからなかった。やがて技師が説明を始めると、小さな脚と腕が見て取れるようになった。サニーは心臓が喉もとまでせり上がるのを感じた。ライも興味津々という顔で身を乗り出している。

彼はサニーの手を握り、彼女に笑顔を向けた。

「男の子だな？」

「大きな男の子です。現時点では少し順調すぎるくらいですので、出産は帝王切開になる可能性もありま す。ただ、あと何カ月かしないとはっきりしたこと は言えません。いまのところ問題はいっさいありま せん。ミス・バーカーも、お子さんも健康そのもの です」

ライは満面に笑みを浮かべて立ち上がり、ソファから体を起こす彼女に手を貸した。彼はつぎの検査のスケジュールを確認すると、サニーを連れて部屋を出た。「超音波検査は……思っていたよりも刺激的だったな」ライは驚いたような顔で言った。「ぼくたちの子供を画面で見ることができるとは。これは最初の挨拶みたいなものだな。とにかく驚いたよ！」

「超音波検査の映像を見るのは初めてなの？」

「初めてに決まっているだろう？　技術的な原理は知っているが、一度も興味を持ったことがなかったんだ。自分に子供ができるなんて思ってもいなかったし、それはぼくの人生の目標じゃなかったからな。だが、ぼくたちの息子はもうじき生まれる。それがすべてを変えてしまうんだ。きみはぼくの人生を豊かにしてくれたんだ、サニー。きみにはいくら感謝してもしきれない」

サニーは青ざめた。その台詞はそんな意味で使ってほしくなかった。ライは彼女と結婚することよりも、子供が生まれることに胸を躍らせているように思えてしまう。それで彼女が、どうしてしあわせになれるだろう？　極端なことを言えば、ライの子供はどんな女性でも産むことができる。彼の子供の母親は、特別な存在でも唯一無二の存在でもないのだ。たしかにわたしは幸運に恵まれている、とサニーは思った。わたしが妊娠したのは裕福な男性の子供だ。しかも、その男性はわたしの妊娠を喜んでいる。けれど、それは恋愛感情とは関係がない。わたしを愛しているから喜んでいるわけじゃない。彼は婚約指輪を贈ってくれたし、結婚式のプラン作りも全面的にまかせてくれた。それ以上のものを望むのは、贅沢なのかもしれない。

ライは裕福で知的な男性だ。彼女とこっそり結婚するつもりは最初からなかったのだ。そんなことをすれば、子供のためにいやいや結婚する、と思われかねない。だからこそライは、派手な結婚式を挙げようとしているのだ。彼は妊娠したサニーの面倒を見ているし、彼女をあらゆる危険から守ろうとしている。しかし、すべては自分の子供のためだ……サニーのためではない。わたしよりもわたしの赤ちゃんのほうが大事なんだわ、と彼女は心の中でつぶやいた。

頭の中で小さな声がする。ライはわたしのために愛人たちと別れた。その時点では、わたしが妊娠するとは思っていなかった。彼の目的はセックスだった。わたしも最初はライにノーと答えた。そのせいで、わたしに対する彼の興味はふくれ上がり、わたしは彼の欲望を刺激する女になった。なぜなら、彼は女性にノーと言われた経験がほとんどなかったからだ。わたしの妊娠はライにとっては大きな驚きだったはず。でも、それは新鮮で刺激に満ちた経験でもあった。ライ・ベランガーは、新鮮で刺激に満ちた出来事に心を引かれる性格だ。さらに言えば、彼はパンジーとの出会いを通して子供に慣れ、父親という役割を受け入れやすくなっていたのだ。

「きみはさっきから黙っているな。ぼくはそろそろ出かけなくちゃならないんだが」

「あとは一人で何とかなるわ」サニーは明るい表情で言い、広い玄関ホールを横切って近づいてきたベアとバートに無理に微笑みかけた。

だが、バートは彼女の横をすり抜け、ライの足もとではしゃぎまわった。「どうしてこの犬はこんなまねをするんだ?」小型犬の態度に驚き、ライは後ずさりした。

「どうやらバートはあなたの犬になったみたい。この子は男性のほうが好きなのよ。新しい飼い主を二度見つけてあげたけど、どちらも女性だったから上手くいかなかったの。でも、ようやく新しい飼い主を見つけたようね」

「だが、この犬は他の犬をいじめる犬だ」

「あなたがいればそんなことはしないわ。あなたの言うことは聞くはずよ」

「猫はぼくの言うことを聞かなかったぞ。デスクを爪で引っかくなと言ったら、悠然とどこかに姿を消した」

「丸太も持ってくるべきだったわね」

「爪研ぎ棒があるはずだ」

「あの子は丸太が好きなのよ。わたしが爪研ぎ棒を試さなかったとでも思っているの？　あの子は好き嫌いが激しいの」

「ニューヨークに着いたら、まずきみに電話するよ」ライは約束した。「それから、ハネムーンに備えて買い物をする。きみには夏物の服が必要だな」

「ハネムーンはどこに行くの？」

「まだ決めていないが、きみのインスピレーションを刺激するような、日射しと植物にあふれた場所がいいな」

そのあと十日間を、サニーは忙しく過ごすことになった。サニーは数多くの友人たちに電話した。友人たちは彼女が結婚すると聞かされて驚き、花婿の正体を知って仰天していた。彼女とライの写真を目にしていた友人は、ひと握りしかいなかったのだ。

しかし、結婚式の情報が世間に広まると、まっとうな新聞にも取り上げられるようになった。それらの新聞の記事では、サニーは植物専門の画家として紹介されていた。週のなかばには、ソーシャルワーカーから、ライがパンジーの養父の資格を得るための書類が送られてきた。いっぽう、サニーは式の準備を進めるため、アシュトン・ホールに引っ越した。

　ライは毎日電話をしてくれた。しかし、アイスランドに着くとぱったりと連絡が途絶えた。式の前日の夜になっても戻らず、サニーは不安に襲われた。電話をしても反応はない。式の当日の朝、メイクアップ・アーティストとスタイリストが付きっきりで面倒を見てくれたが、すでに彼女の神経はずたずただった。依然としてライが姿を現さなかったからだ。ライはわたしを祭壇の前に置き去りにするつもりなの？　でも、ほんとうにまずいことがあったら、新聞の記事になったり、何か連絡があったりするはずだ。

　ライの遅まきながらの到着を知らせてくれたのは、ヘアスタイリストだった。サニーは心から安堵(あんど)した。ウエディングドレスに身を包んだまま、自信に満ちた足取りで階段を下りる。これまで自分の外見にあまり注意せずに生きてきた彼女だが、いまこの瞬間は最高に魅力的に見えるはずだ。

　ライはこちらに近づいてくる花嫁に目をやった。これほど美しいサニーを見たのは初めてだった。おとぎ話から抜け出してきたようなウエディングドレス、喉もとできらめくダイヤモンドのペンダント、アップにした髪を飾るティアラ。彼女がこちらを見た。表情はこわばっていたが、口もとには笑みが浮かんでいる。ライは野の花を束ねたシンプルなブーケをサニーに渡し、彼女の手を取り、招待客が待つ舞踏室に向かった。

「来ないかと思っていた」サニーは右にも左にも視線を向けないように注意した。どちらを見ても、招待客が彼女たちを注視しているのだ。いずれにせよ、サニーは再会した瞬間のライのイメージを——たくましい体を仕立てのいいモーニングに包んだ姿を、脳内で反復させていた。黒髪は乱れ、瞳は彼女をまっすぐに見ている。彼はセクシーだった。気絶しそうなくらいセクシーだった。この男性が彼女のものになるのだ。

「プライベートジェットにトラブルがあったんだ。それだけじゃなく、アイスランドの洞窟で友人が事故に遭ったうえに、ぼくの携帯電話も潰されて、フライトプランが変更になったんだ」

ライは窓から空を見上げた。遠くからかすかに聞こえる音は、屋敷の上空を飛ぶ無人機のエンジン音だった。

「写真撮影のために、テレビ局や新聞がドローンを飛ばしているんだ。こんな狭い空域で複数のドローンを飛ばすのは、法律に違反しているはずだ。撃墜してやりたいところだが、それも違法行為だからな」

「マスコミなんて気にする必要はないわ」

ライとともに祭壇の前に立つと、サニーは不審の念とともに眉を上げた。洞窟？　こともあろうに洞窟の中で、彼はいったい何をしていたの？　しかし、式はすでに始まっていた。牧師の話に耳を傾け、誓いの言葉を口にする。そして、二人はついに指輪を交換した。

ライが彼女の唇にそっとキスをする。人前で唇を重ねても楽しくなかった。だいいちメイクが崩れてしまう。それでも、彼女はライのモーニングのラペルをつかみ、情熱のこもったくちづけをせがんだ。彼はその要請に応えた。わたしと彼は結婚したんだわ――そう考えたとたん、サニーはうっとりとした。だが、すぐに現実に引き戻された。パンジーがマリアの手を振り切り、駆けだし、脚に抱きついたからだった。ライが姪を抱き上げると、パンジーはいつものように〝おめめ……お鼻……お口〟を繰り返した。

「この子にとっては、今日もいつもと同じ一日にすぎないのよ」サニーは笑った。

「ウエディングドレスを着たきみは、とてもきれいだ」ライは愛撫するような視線を彼女に投げかけながら、照れることなく言った。

「どうして電話してくれなかったの？」

「洞窟で携帯電話が壊れたんだ」

「そもそもあなたは洞窟で何をしていたの？」

「男友達を集めて、独身生活最後のパーティを楽しんだのさ。ケイビング、スノーモービル、急流下り。アイスランドでの初日は、そういうことをやっていたんだ。だが、酔っ払っていた友人が怪我をして、救出活動に駆り出された。ぼくはもう、あんな遊びをやる年じゃないのかもしれないな」

「アイスランドでパーティを楽しんでいたわけね」サニーは怒りをおぼえた。わたしは寂しい思いをさせられたあげく、一人で式の準備をやらされたというのに。「友達の怪我はそんなにひどかったの？」

「脚と腕の骨を折っていたんだ。だが、それでも運がよかったくらいさ」

「パーティがあることくらい、話しておいてほしかったわ。それから、到着が遅れることも。不安だったのよ――あなたは結婚式をすっぽかすつもりかもしれない、って」

「ぼくには、自分のスケジュールをいちいち誰かに説明する習慣がないんだ」ライは謝罪すらせずに言い返した。

式が終わると、二人は招待客の祝福を受けた。しかし、サニーの笑顔は暗かった。ライはわたしを愛していない。心の距離を縮めるつもりがないんだわ。彼はわたしと何も分かち合ってくれない。ああ、ライと結婚したのは、とんでもない間違いだったのでは？

「このあとは披露宴だから、着替えてくるわね」サニーはこわばった笑みとともに言った。

「その前に写真を撮ろう」ライはカメラマンに合図をした。

それから三十分、カメラの前でポーズを取らされたあと、サニーは二階に逃げ戻った。ライも彼女のあとを追って寝室に姿を現した。

「ドレスの紐をほどいてちょうだい」サニーはハイヒールを脱ぎ捨てると、彼に背中を向けた。

肩のストラップが外れ、コルセットがゆるむ。ライはドレスの中に両手を差し入れた。てのひらで胸のふくらみを包み込み、頂を指で刺激する。サニーの唇から声がもれると、ライはドレスを引き下ろした。「きみはセクシーだ」かすれ声でささやく。

「ライ――」

「ノーとは言わせない。髪が乱れないように気をつけるよ。きみが欲しくてたまらないんだ」彼はサニーのヒップに腰を押しつけた。彼女は硬くたくましい欲望のあかしを肌で感じ取った。下腹部が熱く沸騰する。

「だめよ」これ以上は我慢できなかった。「悪いけど、お断りよ」

サニーはライの視線を意識しながら別のドレスに着替え、安堵の思いとともに踵の低い靴に履き替えた。

「何が気に入らないんだ？」ライが尋ねる。

「気に入る要素がどこにあるの？　あなたは何日も連絡を絶やして、わたしに心配をかけたあげく、結婚式をだいなしにするところだった……到着が予定よりどれだけ遅れたと思っているの！　捨てられるんじゃないかと思って、わたしはずっと不安だったのよ。いくらわたしを愛していないからといって、わたしを雑に扱う資格はないわ！」

ライの顔がこわばった。「きみは誤解している。ぼくは信じていたんだ――きみはそんな不安に悩まされたりしない、と。だが、それは勘違いだったようだな」

サニーは絶望に打ちのめされた。わたしたちの関係の本質が明らかになったようね、と彼女は思った。愛があるなら、花嫁にはもっと優しい態度で接するはず。つまり、彼はわたしを愛していないんだわ。ライはわたしとパンジーとお腹の子供を手に入れるため、わたしと結婚した。彼にとって結婚とは効率的な解決策にすぎなかった。ロマンチックな選択肢ではなかったのよ。わたしのことも、セックスの対象としか考えていなかったんだわ。

二人は招待客の待つ階下に向かった。いまや舞踏室はパーティの会場へと姿を変えていた。スピーチをしたのは、花婿の介添えを務めた男性だけだった。ライにもサニーにも、スピーチをするような親類はいなかったのだ。世界的に有名な女性シンガーが歌を歌うなか、二人はウエディングケーキをカットし、ダンスを踊った。

やがてパンジーはサニーの腕の中で眠りに落ちた。

「いま出ていかないと、わたしたちはこの部屋で夜を明かす羽目になるわよ」彼女はライに警告した。

「ぼくはあと一時間ここに残る」ライは携帯電話を取り出した。「きみはパンジーとヘリコプターに乗って、クルーザーに向かってくれ」

「まず着替えないと」

「その必要はない。船で着替えればいいのさ。きみは疲れているようだな。今日は長い一日だった」

招待客は二人を見送るため、屋敷の外に出た。ライはヘリコプターに搭乗するサニーに手を貸し、姪のチャイルドシートのベルトを締めると、機外に出た。サニーがヘッドセットを装着し、手で口もとを隠してあくびをすると、ヘリは離陸を始めた。

低空を飛ぶドローンに最初に気づいたのはライだった。彼は叫んだ。心臓が喉もとまで跳ね上がる。ドローンが回転翼に衝突した。ヘリコプターがぐらりと傾き、機体が横方向に回転する。誰かの悲鳴が聞こえた。周囲の招待客がいっせいに逃げ出す。ライの体は凍りついた。ヘリコプターが高度を下げ、さらに大きく傾く。だが、パイロットは巧みな操縦技術で機体のコントロールを取り戻し、強引ながらかろうじて着陸を成功させた。

ライはヘリコプターのドアを力まかせに開いた。恐怖に目を見開くサニーを機内から引っ張り出し、パンジーの座席のベルトを外す。ヘリから数メートル離れると、彼は唐突に足を止め、サニーを抱きしめた。彼女を抱擁するライの顔は真っ青だった。そのとき、サニーは彼の体が震えていることに気がついた。

「今夜はここに泊まろう」ライはあえぐように言った。「ぼくはもう二度ときみのそばを離れない。ぼくを許してくれ」

そのとき、マリアが現れ、パンジーを抱き寄せた。驚くべきことに、パンジーはこの一件のあいだずっと眠っていたようだった。

応接間で医師がサニーの診察をするあいだ、ライはソファのまわりをうろうろと歩きまわった。さいわいなことに、彼女は精神的なショックを受けただけだった。ライはソファの前でしゃがみ込み、サニーの手を握りしめた。「きみを愛している」彼が瞳をきらめかせて言うと、サニーは驚きに打たれた。

「そのことにいま初めて気がついたんだ。ぼくは救いようのない愚か者だな」

彼女は目を丸くしてライを見上げた。「どういう意味？」

「あのヘリコプターには、ぼくのすべてが乗っていたんだ。墜落していたら、ぼくは何もかも失っていたはずだ。きみも、パンジーも、ぼくたちの子供も。これまでの人生で、あれほど恐怖を感じたことは一度もなかったんだ」

サニーは両手で彼の頬に触れた。「ほんとうなの？」

「できるものなら、きみを安全な繭で包んでしまいたいくらいさ。もっとも、きみは許してくれないだろうが」

「クルーザーで最初の夜を過ごしたときから、わたしはあなたに恋をしていたわ。あなたは信じてくれないかもしれないけど、わたしたちはソウルメイトだ、とわたしはずっと信じていたのよ」

「ソウルメイトか」ライはその言葉が気に入った。彼にとってサニーは、行方不明だったジグソーパズルの最後のピースだった。彼はもう孤独ではなかった。「ぼくの欠点を知ったうえで、きみはぼくを愛してくれるのか？」

「あなただって、すべてを承知のうえでわたしを愛してくれたわ」

「ぼくはきみの妊娠を知ったその日に、プロポーズしようと考えた。だが、信用してもらえないだろうとも思ったんだ」

「あのときは、わたしもおびえていたのよ。それに、何かを手に入れるためにあなたに近づいたのでは、と思われるのがいやだった。わたしがほんとうに欲しかったのは、お腹の子の父親だった」

「妊娠の話を聞かされたとき、ぼくは恐怖をおぼえた。それは、父親になる方法がわからなかったからなんだ」

「でも、あなたはわたしのために花火を打ち上げて、キャンドルの光が灯るすばらしいお風呂を用意してくれた。あのとき、わたしは思ったの――〝このひとは、自分がやりたいことをすべてやるひとだ〟と。そして、あなたはわたしのためにその力を使ってくれた。あのときはほんとうに驚いたわ」

その夜遅く、二人はベッドに入り、話をし、笑い、愛を交わした。その翌日、クルーザーに乗り込んだ。

船の目的地はマダガスカルだった。

「最高の植物にあふれている土地さ」

「あなたを愛しているわ」ライはつねに彼女の好きなことを優先させてくれるのだ。

「ぼくも永遠にきみを愛するよ」彼は情熱を込めて誓った。

エピローグ

六年後、サニーは日射(ひざ)しを浴びながら、遊びに興じる家族を眺めていた。

驚くほど愛らしい少女に成長した七歳のパンジーは、きょうだいたちのリーダー役を務めていた。祖父や伯父の知性を受け継いでいるらしく、すでに医学に興味を持ちはじめていた。

もうすぐ六歳のクリストフは、父親と同じように数学の才能に恵まれていたが、消防士になりたがっていた。弟のタマシュは三歳で、壁に絵を描くのが好きだった。パンジーが長らく望んでいた妹は、去年生まれた。はいはいをするようになったリリは、いつもパンジーを追いかけていた。サニーにとって自分が四人の子供たちの母親であることは、大きな喜びだった。

　家族は平日はロンドンで過ごし、週末はアシュトン・ホールに出かけ、夏休みはクルーザーで父親が所有するさまざまな土地を訪ねた。サニーがアシュトン・ホールの敷地で見つけて描いた珍しい蘭(らん)の絵は、いまでは王立芸術院に飾られている。彼女は毎日のように絵を描いていたが、画風は家族旅行で訪ねた土地の影響を受け、大きく変化していた。いまのサニーは、エキゾチックな植物を巧みにカンバスに再現するようになっていた。結局、ライは彼女の芸術の翼を折ったりはしなかった。それどころか、サニーがより高く、より自由に飛べるように力を尽くしてくれたのだ。

　彼女はあいかわらずファッションに関しては無頓着だった。眼鏡をとんでもない場所に置いたまま忘れてしまう癖も直らなかった。ライに出会うまで、彼女はほんとうの幸福を知らなかった。やっと手に入れた幸福も、最初のうちは信じることができなかった。あのころのサニーは変化を恐れていたのだ。しかし、いまの人生に後悔はなかった。

　やがてライが、ジーンズとオープンシャツといういでたちでピクニックに加わった。彼の後ろには、年老いたチワワが影のように従っていた。いっぽう、以前より歩調が緩慢になったベアは、木陰にのんびりと寝そべり、子供たちを眺めていた。

「やっと父さんが来たわ」パンジーが声をあげる。「父さんが来ないと、母さんはお昼を食べさせてくれないのよ。知ってた？」

　サニーは微笑(ほほえ)んだ。「食事は家族全員で食べるものよ」

「写真を見ていたんだ」ライはサニーが敷いたピクニックシートに腰を下ろした。

　彼女は裾の長い、ゆったりとした服を着ていた。

ブランド物なのかもしれないが、だとしてもサニーらしい雰囲気を醸し出していた。彼女は美しかった。リリがはいはいで彼女たちのほうに近づく。クリストフは消防士をまねて、勢いよくタマシュを担ぎ上げようとした。しかし失敗し、勢い余ってタマシュを投げ飛ばしてしまった。サニーは泣きだしたタマシュを抱き上げ、サンドイッチを手渡した。リリがようやく父親の膝にたどり着くと、ライは娘を高く持ち上げた。リリは楽しげに笑い、小さな体をばたつかせた。

「そうやって抱いてばかりいたら、その子は歩き方を学ぶ機会をなくしちゃうわよ」パンジーは言った。

「この子は抱かれたがっているのさ」ライが言い返す。「誰もがときには抱いてもらうことが必要なんだ」

「母さんはいつも父さんを抱きしめているものね」パンジーが困惑の表情で言う。

リリは座り込み、食べはじめると、パンジーは妹にカップを手渡した。やがて、家族全員が静かに食事を取った。

ライがサニーのグラスにワインを注ぐ。「今夜は二人きりでパリで過ごそう。子供たちは、マリアとアシスタントたちにまかせればいい」

サニーの笑みが広がった。記念日が巡ってくるたびに、彼女と夫はパリで二人きりの夜を過ごした。キャンドルで飾られたバスルームと花火は、毎年用意されていた。自分がライを愛するように誰かを愛することがあろうとは、思ってもいなかった。

「みんな、気をつけて……父さんと母さんったら、またキスするつもりよ！」パンジーはうんざりしたような顔で言った。

「どうしてぼくたちは、四人も子供を抱える羽目になったんだ？」

「あなたとパンジーが、小さな子を相手に威張りたかったからよ」

パリのバルコニーから花火を眺めるサニーの体は、情熱の只中(ただなか)でいまにも溶けてしまいそうだった。幸福な思いが洪水のように押し寄せる。「あなたを愛しているわ」彼女はささやいた。

ライは妻を寝室に導き、白いシーツを敷いたベッドに寝かせた。彼が頭を低くし、キスをすると、サニーの心臓は高鳴った。「ぼくもきみを心から愛しているよ、ぼくの愛(いと)しいミセス・ベランガー」

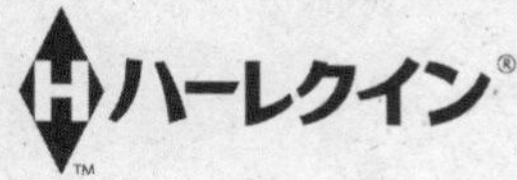

リン・グレアム

北アイルランド出身。10代のころからロマンス小説の熱心な読者で、初めて自分で書いたのは15歳のとき。大学で法律を学び、卒業後に14歳のときからの恋人と結婚。この結婚は一度破綻したが、数年後、同じ男性と恋に落ちて再婚するという経歴の持ち主。小説を書くアイデアは、自分の想像力とこれまでの経験から得ることがほとんどで、彼女自身、今でも自家用機に乗った億万長者にさらわれることを夢見ていると話す。

世界一の大富豪はまだ愛を知らない
2024年8月20日発行

著　者　リン・グレアム
訳　者　中野　恵（なかの　けい）

発行人　鈴木幸辰
発行所　株式会社ハーパーコリンズ・ジャパン
東京都千代田区大手町1-5-1
電話 04-2951-2000（注文）
0570-008091（読者サービス係）

印刷・製本　大日本印刷株式会社
東京都新宿区市谷加賀町1-1-1

ISBN978-4-596-96140-2 C0297

8月30日発売

ハーレクイン・シリーズ 9月5日刊

ハーレクイン・ロマンス

愛の激しさを知る

黄金の獅子は天使を望む	アマンダ・チネッリ／児玉みずうみ 訳	R-3901
嵐の夜が授けた愛し子 《純潔のシンデレラ》	ナタリー・アンダーソン／飯塚あい 訳	R-3902
裏切りのゆくえ 《伝説の名作選》	サラ・モーガン／木内重子 訳	R-3903
愛を宿したウエイトレス 《伝説の名作選》	シャロン・ケンドリック／中村美穂 訳	R-3904

ハーレクイン・イマージュ

ピュアな思いに満たされる

声なき王の秘密の世継ぎ	エイミー・ラッタン／松島なお子 訳	I-2817
禁じられた結婚 《至福の名作選》	スーザン・フォックス／飯田冊子 訳	I-2818

ハーレクイン・マスターピース

世界に愛された作家たち
～永久不滅の銘作コレクション～

伯爵夫人の条件 《特選ペニー・ジョーダン》	ペニー・ジョーダン／井上京子 訳	MP-101

ハーレクイン・ヒストリカル・スペシャル

華やかなりし時代へ誘う

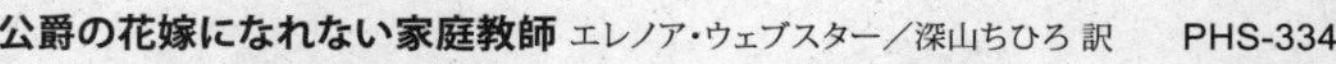

公爵の花嫁になれない家庭教師	エレノア・ウェブスター／深山ちひろ 訳	PHS-334
忘れられた婚約者	アニー・バロウズ／佐野　晶 訳	PHS-335

ハーレクイン・プレゼンツ作家シリーズ別冊

魅惑のテーマが光る
極上セレクション

カサノヴァの素顔	ミランダ・リー／片山真紀 訳	PB-392

※予告なく発売日・刊行タイトルが変更になる場合がございます。ご了承ください。

今月のハーレクイン文庫

8月刊 好評発売中！

Harlequin 45th Anniversary

珠玉の名作本棚

「浜辺のビーナス」
ダイアナ・パーマー

マージーは傲慢な財閥富豪キャノンに、妹と彼の弟の結婚を許してほしいと説得を試みるも喧嘩別れに。だが後日、フロリダの別荘に一緒に来るよう、彼が強引に迫ってきた！

（初版：D-78）

「今夜だけあなたと」
アン・メイザー

度重なる流産で富豪の夫ジャックとすれ違ってしまったレイチェル。彼の愛人を名乗り、妊娠したという女が現れた日、夫を取り返したい一心で慣れない誘惑を試みるが…。

（初版：R-2194）

「プリンスを愛した夏」
シャロン・ケンドリック

国王カジミーロの子を密かに産んだメリッサ。真実を伝えたくて謁見した彼は、以前とは別人のようで冷酷に追い払われてしまう——彼は事故で記憶喪失に陥っていたのだ！

（初版：R-2605）

「十八歳の別れ」
キャロル・モーティマー

ひとつ屋根の下に暮らす、18歳年上のセクシーな後見人レイフとの夢の一夜の翌朝、冷たくされて祖国を逃げ出したヘイゼル。3年後、彼に命じられて帰国すると…？

（初版：R-2930）